U0088138

日本人最常用的

五十音單字

學會了五十音，
但不知道從何運用嗎？

馬上拿起本書
輕鬆記憶不費力！

書列出每個音最常使用的單字
你這樣背，
吃虧！有效率！

50音基本發音表

清音

• track　002

a	ㄚ	i	ㄧ	u	ㄨ	e	ㄝ	o	ㄡ
あ	ア	い	イ	う	ウ	え	エ	お	オ
ka	ㄎㄚ	ki	ㄎㄧ	ku	ㄎㄨ	ke	ㄎㄝ	ko	ㄎㄡ
か	カ	き	キ	く	ク	け	ケ	こ	コ
sa	ㄙㄚ	shi	ㄒ	su	ㄙ	se	ㄙㄝ	so	ㄙㄡ
さ	サ	し	シ	す	ス	せ	セ	そ	ソ
ta	ㄊㄚ	chi	ㄑㄧ	tsu	ㄘ	te	ㄊㄝ	to	ㄊㄡ
た	タ	ち	チ	つ	ツ	て	テ	と	ト
na	ㄋㄚ	ni	ㄋㄧ	nu	ㄋㄨ	ne	ㄋㄝ	no	ㄋㄡ
な	ナ	に	ニ	ぬ	ヌ	ね	ネ	の	ノ
ha	ㄏㄚ	hi	ㄏㄧ	fu	ㄈㄨ	he	ㄏㄝ	ho	ㄏㄡ
は	ハ	ひ	ヒ	ふ	フ	へ	ヘ	ほ	ホ
ma	ㄇㄚ	mi	ㄇㄧ	mu	ㄇㄨ	me	ㄇㄝ	mo	ㄇㄡ
ま	マ	み	ミ	む	ム	め	メ	も	モ
ya	ㄧㄚ			yu	ㄧㄩ			yo	ㄧㄡ
や	ヤ			ゆ	ユ			よ	ヨ
ra	ㄌㄚ	ri	ㄌㄧ	ru	ㄌㄨ	re	ㄌㄝ	ro	ㄌㄡ
ら	ラ	り	リ	る	ル	れ	レ	ろ	ロ
wa	ㄨㄚ			o	ㄡ			n	ㄣ
わ	ワ			を	ヲ			ん	ン

濁音

• track　003

ga	ㄍㄚ	gi	ㄍㄧ	gu	ㄍㄨ	ge	ㄍㄝ	go	ㄍㄡ
が	ガ	ぎ	ギ	ぐ	グ	げ	ゲ	ご	ゴ
za	ㄗㄚ	ji	ㄐㄧ	zu	ㄗ	ze	ㄗㄝ	zo	ㄗㄡ
ざ	ザ	じ	ジ	ず	ズ	ぜ	ゼ	ぞ	ゾ
da	ㄉㄚ	ji	ㄐㄧ	zu	ㄗ	de	ㄉㄝ	do	ㄉㄡ
だ	ダ	ぢ	ヂ	づ	ヅ	で	デ	ど	ド
ba	ㄅㄚ	bi	ㄅㄧ	bu	ㄅㄨ	be	ㄅㄟ	bo	ㄅㄡ
ば	バ	び	ビ	ぶ	ブ	べ	ベ	ぼ	ボ
pa	ㄆㄚ	pi	ㄆㄧ	pu	ㄆㄨ	pe	ㄆㄝ	po	ㄆㄡ
ぱ	パ	ぴ	ピ	ぷ	プ	ぺ	ペ	ぽ	ポ

拗音

• track 004

kya	ㄎㄧㄚ	kyu	ㄎㄧㄩ	kyo	ㄎㄧㄡ
きゃ	キャ	きゅ	キュ	きょ	キョ
sha	ㄒㄧㄚ	shu	ㄒㄧㄩ	sho	ㄒㄧㄡ
しゃ	シャ	しゅ	シュ	しょ	ショ
cha	ㄑㄧㄚ	chu	ㄑㄧㄩ	cho	ㄑㄧㄡ
ちゃ	チャ	ちゅ	チュ	ちょ	チョ
nya	ㄋㄧㄚ	nyu	ㄋㄧㄩ	nyo	ㄋㄧㄡ
にゃ	ニャ	にゅ	ニュ	にょ	ニョ
hya	ㄏㄧㄚ	hyu	ㄏㄧㄩ	hyo	ㄏㄧㄡ
ひゃ	ヒャ	ひゅ	ヒュ	ひょ	ヒョ
mya	ㄇㄧㄚ	myu	ㄇㄧㄩ	myo	ㄇㄧㄡ
みゃ	ミャ	みゅ	ミュ	みょ	ミョ
rya	ㄌㄧㄚ	ryu	ㄌㄧㄩ	ryo	ㄌㄧㄡ
りゃ	リャ	りゅ	リュ	りょ	リョ

gya	ㄍㄧㄚ	gyu	ㄍㄧㄩ	gyo	ㄍㄧㄡ
ぎゃ	ギャ	ぎゅ	ギュ	ぎょ	ギョ
ja	ㄐㄧㄚ	ju	ㄐㄧㄩ	jo	ㄐㄧㄡ
じゃ	ジャ	じゅ	ジュ	じょ	ジョ
ja	ㄐㄧㄚ	ju	ㄐㄧㄩ	jo	ㄐㄧㄡ
ぢゃ	ヂャ	づゅ	ヂュ	ぢょ	ヂョ
bya	ㄅㄧㄚ	byu	ㄅㄧㄩ	byo	ㄅㄧㄡ
びゃ	ビャ	びゅ	ビュ	びょ	ビョ
pya	ㄆㄧㄚ	pyu	ㄆㄧㄩ	pyo	ㄆㄧㄡ
ぴゃ	ピャ	ぴゅ	ピュ	ぴょ	ピョ

平假名	片假名

あ

挨拶（あいさつ） …… 026
相手（あいて） …… 027
生憎（あいにく） …… 028
会（あ）う …… 029
新（あたら）しい …… 030
遊（あそ）ぶ …… 031
あつい …… 032
後（あと） …… 033

い

意地（いじ） …… 034
忙（いそが）しい …… 035
急（いそ）ぐ …… 036
痛（いた）い …… 037
一応（いちおう） …… 038
一杯（いっぱい） …… 039
色々（いろいろ） …… 040

う

受ける …… 041
薄い …… 042
嘘 …… 043
うち …… 044
嬉しい …… 045
運転 …… 046
上 …… 047
後ろ …… 048

え

映画 …… 049
駅 …… 050
影響 …… 051
偉い …… 052
選ぶ …… 053
遠慮 …… 054
絵 …… 055
海老 …… 056

お

多い …… 057
送る …… 058
遅れる …… 059

怒る …… 060
同じ …… 061
思う …… 062
面白い …… 063

カ行

か

買う …… 066
返す …… 067
書く …… 068
貸す …… 069
片付ける …… 070
勝手 …… 071
必ず …… 072

き

聞く …… 073
機嫌 …… 074
汚い …… 075
気の毒 …… 076
興味 …… 077
嫌う …… 078

禁煙 …… 079

く

食う …… 080
腐る …… 081
癖 …… 082
首 …… 083
悔しい …… 084
くらい …… 085
暮らす …… 086

け

怪我 …… 087
消す …… 088
けち …… 089
結果 …… 090
結婚 …… 091
月曜日 …… 092
元気 …… 093

こ

恋 …… 094

心 …… 095
答える …… 096
子供 …… 097
断る …… 098
怖い …… 099
壊す …… 100

サ 行

さ

最悪 …… 102
下がる …… 103
雑誌 …… 104
早速 …… 105
寂しい …… 106
様々 …… 107
サボる …… 108

し

仕事 …… 109
静か …… 110
喋る …… 111
邪魔 …… 112

知らせる …… 113
知る …… 114
写真 …… 115

す

ずいぶん …… 116
好き …… 117
過ぎる …… 118
少し …… 119
進む …… 120
捨てる …… 121
住む …… 122

せ

精一杯 …… 123
せっかく …… 124
絶対 …… 125
狭い …… 126
せめて …… 127
世話 …… 128
先輩 …… 129

そ

相談（そうだん） …… 130
外（そと） …… 131
そのまま …… 132
そば …… 133
空（そら） …… 134
揃う（そろう） …… 135
そろそろ …… 136

タ 行

た

退院（たいいん） …… 138
退屈（たいくつ） …… 139
高い（たかい） …… 140
ただ …… 141
立つ（たつ） …… 142
多分（たぶん） …… 143
たま …… 144

ち

小さい（ちいさい） …… 145

違う …… 146
近く …… 147
ちゃんと …… 148
直接 …… 149
ちょうど …… 150
ちょっと …… 151

つ

使う …… 152
疲れる …… 153
次 …… 154
作る …… 155
伝える …… 156
続く …… 157
強い …… 158

て

出会い …… 159
手遅れ …… 160
手紙 …… 161
適当 …… 162
できる …… 163
出る …… 164

電話（でんわ） …… 165

と

トイレ …… 166
遠い（とおい） …… 167
得意（とくい） …… 168
とても …… 169
届く（とどく） …… 170
とにかく …… 171
どんどん …… 172

ナ行

な

内緒（ないしょ） …… 174
長い（ながい） …… 175
仲間（なかま） …… 176
泣く（なく） …… 177
何故（なぜ） …… 178
涙（なみだ） …… 179
悩む（なやむ） …… 180

に

苦い …… 181
賑やか …… 182
にこにこ …… 183
荷物 …… 184
入学 …… 185
人間 …… 186
苦手 …… 187
逃げる …… 188

ぬ

ぬいぐるみ …… 189
脱ぐ …… 190
盗む …… 191
塗る …… 192
濡れる …… 193

ね

願い …… 194
猫 …… 195
値段 …… 196
熱 …… 197

熱中 …… 198
寝る …… 199

の

残る …… 200
伸びる …… 201
述べる …… 202
飲む …… 203
乗る …… 204
のんびり …… 205
除く …… 206
登る …… 207

ハ行

は

入る …… 210
馬鹿 …… 211
初めて …… 212
場所 …… 213
働く …… 214
話 …… 215
離れる …… 216

ひ

びっくり …… 217
引っ越す …… 218
必要 …… 219
酷い …… 220
暇 …… 221
病気 …… 222
広い …… 223

ふ

深い …… 224
服 …… 225
再び …… 226
普段 …… 227
太る …… 228
不便 …… 229
古い …… 230

へ

平気 …… 231
下手 …… 232
別々 …… 233

部屋 …… 234
変 …… 235
勉強 …… 236
便利 …… 237

ほ

方向 …… 238
方法 …… 239
ほか …… 240
誇る …… 241
褒める …… 242
本気 …… 243
ぼんやり …… 244

マ行

ま

まずい …… 246
また …… 247
まだ …… 248
間違う …… 249
待つ …… 250
間に合う …… 251

まもなく …… 252

み

右（みぎ） …… 253
短い（みじかい） …… 254
道（みち） …… 255
皆（みな） …… 256
耳（みみ） …… 257
見る（みる） …… 258
魅力（みりょく） …… 259

む

昔（むかし） …… 260
むかつく …… 261
向こう（むこう） …… 262
難しい（むずかしい） …… 263
無駄（むだ） …… 264
夢中（むちゅう） …… 265
無理（むり） …… 266

め

迷惑（めいわく） …… 267

眼鏡（めがね） …… 268
目指す（めざ） …… 269
珍しい（めずら） …… 270
目立つ（めだ） …… 271
面倒（めんどう） …… 272
滅茶苦茶（めちゃくちゃ） …… 273

も

目的（もくてき） …… 274
もし …… 275
もちろん …… 276
持つ（も） …… 277
もっと …… 278
戻る（もど） …… 279
文句（もんく） …… 280

や行

や

約束（やくそく） …… 282
安い（やす） …… 283
休む（やす） …… 284
痩せる（や） …… 285

破(やぶ)る …… 286
止(や)める …… 287
遣(や)る …… 288

ゆ

昨夜(ゆうべ) …… 289
有名(ゆうめい) …… 290
雪(ゆき) …… 291
油断(ゆだん) …… 292
ゆっくり …… 293
夢(ゆめ) …… 294
許(ゆる)す …… 295

よ

用意(ようい) …… 296
用事(ようじ) …… 297
よく …… 298
予想(よそう) …… 299
呼(よ)ぶ …… 300
読(よ)む …… 301
弱(よわ)い …… 302
予定(よてい) …… 303
夜(よる) …… 304

ら

来週 …… 306

ライバル …… 307

楽 …… 308

楽勝 …… 309

ラジオ …… 310

ラスト …… 311

乱暴 …… 312

り

立派 …… 313

理由 …… 314

流行 …… 315

利用 …… 316

料金 …… 317

旅行 …… 318

る

ルート …… 319

ルール …… 320

留守（るす） …… 321

れ

冷蔵庫（れいぞうこ） …… 322
歴史（れきし） …… 323
列（れつ） …… 324
レベル …… 325
恋愛（れんあい） …… 326
連日（れんじつ） …… 327
連絡（れんらく） …… 328

ろ

老人（ろうじん） …… 329
浪費（ろうひ） …… 330
録音（ろくおん） …… 331
路線（ろせん） …… 332
ロボット …… 333
ロマンチック …… 334
論文（ろんぶん） …… 335

ワ 行

わ

若い …… 338
分かる …… 339
わけ …… 340
わざわざ …… 341
忘れる …… 342
笑う …… 343
悪い …… 344
別れる …… 345
渡す …… 346

日本人最常用的
五十音單字

挨拶（あいさつ）

a.i.sa.tsu.

問候、寒喧

例句

挨拶（あいさつ）を交（か）わす。

a.i.sa.tsu.o.ka.wa.su.

互相問候。

挨拶（あいさつ）は大事（だいじ）なことだ。

a.i.sa.tsu.wa.da.i.ji.na.ko.to.da.

問候是件重要的事。

帽子（ぼうし）を脱（ぬ）いで挨拶（あいさつ）をする。

bo.u.shi.o.nu.i.de.a.i.sa.tsu.o.su.ru.

拿下帽子打招呼問候。

引越（ひっこ）しの挨拶（あいさつ）。

hi.kko.shi.no.a.i.sa.tsu.

搬新家的問候。

相關單字

おはよう　o.ha.yo.u.　早安

こんにちは　ko.n.ni.chi.wa.　午安

こんばんは　ko.n.ba.n.wa.　晚安

相手（あいて）

a.i.te.

對方、共事者

あ段
い段
う段
え段
お段

例句

結婚（けっこん）の相手（あいて）。

ke.kko.n.no.a.i.te.

結婚對象。

相手（あいて）の気持（きも）ちを考（かんが）える。

a.i.te.no.ki.mo.chi.o.ka.n.ga.e.ru.

考慮對方的心情。

彼（かれ）は競争相手（きょうそうあいて）だ。

ka.re.wa.kyo.u.so.u.a.i.te.da.

他是競爭對手。

次（つぎ）の対戦相手（たいせんあいて）は誰（だれ）だ？

tsu.gi.no.ta.i.se.n.a.i.te.wa.da.re.da.

下個比賽對手是誰？

相關單字

相棒（あいぼう）　a.i.bo.u.　搭擋

パートナー　pa.a.to.na.a.　夥伴

あいにく
生憎

a.i.ni.ku.

不巧

例句

ともだち たず るす
友達を訪ねたが、あいにく留守だった。

to.mo.da.chi.o.ta.zu.ne.ta.ga./a.i.ni.ku.ru.su.da.tta.

去拜訪了朋友，但很不巧他不在家。

う き
あいにくですが、もう売り切れました。

a.i.ni.ku.de.su.ga./mo.u.u.ri.ki.re.ma.shi.ta.

真的是很不巧，已經賣光了。

あめ ふ
あいにく雨が降ってきました。

a.i.ni.ku.a.me.ga.fu.tte.ki.ma.shi.ta.

很不巧地雨開始下起來了。

あめ しあい ちゅうし
あいにくの雨で試合は中止になった。

a.i.ni.ku.no.a.me.da.shi.a.i.wa.chu.u.shi.ni.na.tta.

因為不巧下雨所以比賽中止了。

相關單字

つごう わる
都合が悪い tsu.go.u.ga.wa.ru.i. 不方便

会（あ）う

a.u.

見面、遇上

例句

友達（ともだち）と会（あ）う。

to.mo.da.chi.to.a.u.

和朋友見面。

後（あと）で学校（がっこう）で会（あ）おう。

a.to.de.ga.kko.u.de.a.o.u.

等下學校見。

また会（あ）いましょう。

ma.ta.a.i.ma.sho.u.

下次再見。

さっき大学（だいがく）の先生（せんせい）に会（あ）った。

sa.kki.da.i.ga.ku.no.se.n.se.i.ni.a.tta.

剛剛遇見大學的老師。

相關單字

出会（であ）い　de.a.i.　相遇

新しい（あたら）

a.ta.ra.shi.i.

新的、新鮮的

あ段 い段 う段 え段 お段

例句

新しい服を買う。（あたら ふく か）

a.ta.ra.shi.i.fu.ku.o.ka.u.

買新的衣服。

新しい魚。（あたら さかな）

a.ta.ra.shi.i.sa.ka.na.

新鮮的魚。

新しいニュース。（あたら）

a.ta.ra.shi.i.nyu.u.su.

新消息。

新しく来た人です。（あたら き ひと）

a.ta.ra.shi.ku.ki.ta.hi.to.de.su.

新來的人。

相關單字

目新しい（め あたら） me.a.ta.ra.shi.i. 新奇的

古い（ふる） fu.ru.i. 舊的

遊(あそ)ぶ

a.so.bu.

玩、消遣

例句

東京(とうきょう)に遊(あそ)びに行(い)く。

to.u.kyo.u.ni.a.so.bi.ni.i.ku.

去東京玩。

一緒(いっしょ)に遊(あそ)ぼうよ。

i.ssho.ni.a.so.bo.u.yo.

一起玩吧。

どっか遊(あそ)びに行(い)こう。

do.kka.a.so.bi.ni.i.ko.u.

去哪裡玩玩吧。

友達(ともだち)とゲームで遊(あそ)んでいる。

to.mo.da.chi.to.ge.e.mu.de.a.so.n.de.i.ru.

和朋友玩遊戲。

相關單字

トランプ　to.ra.n.pu.　撲克牌

ゲーム　ge.e.mu.　遊戲

あつい

a.tsu.i.

熱的、熱情的

例句

今日（きょう）はとても暑（あつ）い。

kyo.u.wa.to.te.mo.a.tsu.i.

今天非常熱。

昨日（きのう）は暑（あつ）くなかった。

ki.no.u.wa.a.tsu.ku.na.ka.tta.

昨天不熱。

熱（あつ）いスープ。

a.tsu.i.su.u.pu.

熱熱的湯。

熱（あつ）い涙（なみだ）を流（なが）した。

a.tsu.i.na.mi.da.o.na.ga.shi.ta.

流下熱淚。

相關單字

暖（あたた）かい a.ta.ta.ka.i. 溫暖的

涼（すず）しい su.zu.shi.i. 涼爽的

寒（さむ）い sa.mu.i. 寒冷的

後(あと)

a.to.

以後、之後

例句

この事(こと)は後(あと)で話(はな)す。

ko.no.ko.to.wa.a.to.de.ha.na.su.

這件事等下再說。

後(あと)で連絡(れんらく)する。

a.to.de.re.n.ra.ku.su.ru.

之後連絡。

後(あと)を頼(たの)みます。

a.to.o.ta.no.mi.ma.su.

之後的麻煩你了。

この資料(しりょう)は後(あと)で調(しら)べる。

ko.no.shi.ryo.u.wa.a.to.de.shi.ra.be.ru.

這個資料之後調查。

相關單字

以後(いご)　i.go.　之後

前(まえ)　ma.e　之前

意地（いじ）

i.ji.

心腸、固執、物慾

例句

意地悪な人。（いじわるなひと）

i.ji.wa.ru.na.hi.to.

壞心眼的人。

意地を通す。（いじをとおす）

i.ji.o.to.o.su.

固執己見。

彼女は意地を張る人。（かのじょはいじをはるひと）

ka.no.jo.wa.i.ji.o.ha.ru.hi.to.

她是個固執的人。

意地汚い。（いじきたない）

i.ji.ki.ta.na.i.

嘴饞。

相關單字

意地ずく（いじずく） i.ji.zu.ku. 賭氣

心（こころ） ko.ko.ro. 心

忙(いそが)しい

i.so.ga.shi.i.

忙碌的

例句

今日(きょう)はとても忙(いそが)しかった。

kyo.u.wa.to.te.mo.i.so.ga.shi.ka.tta.

今天非常地忙碌。

彼女(かのじょ)はいつも忙(いそが)しい。

ka.no.jo.wa.i.tsu.mo.i.so.ga.shi.i.

她總是很忙。

忙(いそが)しくてご飯(はん)を食(た)べる暇(ひま)もなかった。

i.so.ga.shi.ku.te.go.ha.n.o.ta.be.ru.hi.ma.mo.na.ka.tta.

忙到連吃飯的閒暇也沒有。

目(め)が回(まわ)るほど忙(いそが)しい。

me.ga.ma.wa.ru.ho.do.i.so.ga.shi.i.

忙得不可開交。

相關單字

忙(せわ)しい　se.wa.shi.i.　匆忙

暇(ひま)　hi.ma.　閒暇

急（いそ）ぐ

i.so.gu.

急、快

例句

急（いそ）いで家（いえ）に帰（かえ）る。

i.so.i.de.i.e.ni.ka.e.ru.

迅速回家。

急（いそ）がないと電車（でんしゃ）に間（ま）に合（あ）わないよ。

i.so.ga.na.i.to.de.n.sha.ni.ma.ni.a.wa.na.i.yo.

不快一點的話會趕不上電車喔。

道（みち）を急（いそ）ぐ。

mi.chi.o.i.so.gu.

趕路。

急（いそ）がないで歩（ある）こう。

i.so.ga.na.i.de.a.ru.ko.u.

慢慢地走吧。

相關單字

速（はや）い　ha.ya.i.　快速

ゆっくり　yu.kku.ri.　慢慢地

いた
痛い

i.ta.i.

痛、難受

例句

あし　いた
足が痛い。

a.shi.ga.i.ta.i.

腳痛。

た　　　　　なか　いた
食べすぎてお腹が痛い。

ta.be.su.gi.te.o.na.ka.ga.i.ta.i.

吃太多了所以肚子痛。

いた
痛いところをつく。

i.ta.i.to.ko.ro.o.tsu.ku.

攻擊弱點。

いた　かゆ
痛くも痒くもない。

i.ta.ku.mo.ka.yu.ku.mo.na.i.

不痛不癢。

相關單字

けが
怪我　ke.ga.　受傷

びょうき
病気　byo.u.ki.　疾病

Track 011

いちおう
一応

i.chi.o.u.

大略、姑且、一下

例句

いちおうないよう　わ
一応内容は分かった。
i.chi.o.u.na.i.yo.u.wa.wa.ka.tta.

內容大略明白了。

かれ　いちおうしょうだく
彼は一応承諾した。
ka.re.wa.i.chi.o.u.sho.u.da.ku.shi.ta.

他姑且答應了。

いちおう　い
一応行ってみる。
i.chi.o.u.i.tte.mi.ru.

姑且去看看。

いちおう
一応やってみよう。
i.chi.o.u.ya.tte.mi.yo.u.

姑且做一下看看。

相關單字

いちおう　におう
一応も二応も　i.chi.o.u.mo.ni.o.u.mo.　重複、再三

いっぱい

一杯

i.ppa.i.

一杯、滿、全部

例句

いっぱい
もう一杯ください。

mo.u.i.ppa.i.ku.da.sa.i.

再給我一杯。

なか
お腹いっぱい。

o.na.ka.i.ppa.i.

肚子很飽。

せい
精いっぱいやる。

se.i.i.ppa.i.ya.ru.

盡力去做。

しゅうまつ　ひと
週末だから人がいっぱいです。

shu.u.ma.tsu.da.ka.ra.hi.to.ga.i.ppa.i.de.su.

因為是周末所以人很多。

相關單字

たくさん　ta.ku.sa.n.　很多

色々（いろいろ）

i.ro.i.ro.

各式各樣

例句

いろいろな種類（しゅるい）がある。

i.ro.i.ro.na.shu.ru.i.ga.a.ru.

有各式各樣的種類。

いろいろな品物（しなもの）を買（か）った。

i.ro.i.ro.na.shi.na.mo.no.o.ka.tta.

買個各式各樣的商品。

いろいろな体験（たいけん）をした。

i.ro.i.ro.na.ta.i.ke.n.o.shi.ta.

體驗了很多事。

いろいろなことを勉強（べんきょう）した。

i.ro.i.ro.na.ko.to.o.be.n.kyo.u.shi.ta.

學了很多事物。

相關單字

様々（さまざま） sa.ma.za.ma. 各式各樣

受(う)ける

u.ke.ru.

接受、受到

例句

授業(じゅぎょう)を受(う)ける。

ju.gyo.u.o.u.ke.ru.

上課。

試験(しけん)を受(う)ける。

shi.ke.n.o.u.ke.ru.

考試。

注文(ちゅうもん)を受(う)けた。

chu.u.mo.n.o.u.ke.ta.

接受訂貨。

手術(しゅじゅつ)を受(う)けた。

shu.ju.tsu.o.u.ke.ta.

動了手術。

相關單字

受(う)かる u.ka.ru. 考上

薄(うす)い

u.su.i.

薄、淡

例句

にんじんを薄(うす)く切(き)る。

ni.n.ji.n.o.u.su.ku.ki.ru.

把紅蘿蔔切成薄片。

壁(かべ)が薄(うす)い。

ka.be.ga.u.su.i.

牆壁薄。

このラーメンの味(あじ)は薄(うす)い。

ko.no.ra.a.me.n.no.a.ji.wa.u.su.i.

這碗拉麵的味道很淡。

薄(うす)い色(いろ)の服(ふく)。

u.su.i.i.ro.no.fu.ku.

顏色淺的衣服。

相關單字

厚(あつ)い　a.tsu.i.　厚的

濃(こ)い　ko.i.　濃的

嘘（うそ）

u.so.

謊言

例句

嘘（うそ）をつく。

u.so.o.tsu.ku.

說謊。

嘘八百（うそはっぴゃく）。

u.so.ha.ppya.ku.

滿口謊話。

彼（かれ）に嘘（うそ）をついた。

ka.re.ni.u.so.o.tsu.i.ta.

對他說了謊。

嘘（うそ）をつかないでください。

u.so.o.tsu.ka.na.i.de.ku.da.sa.i.

請不要說謊。

相關單字

誤り（あやまり） a.ya.ma.ri. 錯誤

本当（ほんとう） ho.n.to.u. 真實

うち

u.chi.

以內、時候、我們

例句

二日(ふつか)のうちにやってください。

fu.tsu.ka.no.u.chi.ni.ya.tte.ku.da.sa.i.

請在兩天內做完。

温(あたた)かいうちに食(た)べてください。

a.ta.ta.ka.i.u.chi.ni.ta.be.te.ku.da.sa.i.

請趁熱吃。

うちの学校(がっこう)は女子高校(じょしこうこう)です。

u.chi.no.ga.kko.u.wa.jo.shi.ko.u.ko.u.de.su.

我們學校是女子高中。

相關單字

中(なか) na.ka. 裡面

外(そと) so.to. 外面

嬉しい

u.re.shi.i.

高興、歡樂

例句

彼女が来てくれて嬉しかった。

ka.no.jo.ga.ki.te.ku.re.te.u.re.shi.ka.tta.

她來我很開心。

高橋さんと会えて嬉しかった。

ta.ka.ha.shi.sa.n.to.a.e.te.u.re.shi.ka.tta.

能和高橋見面很開心。

わあ、嬉しいです。

wa.a./u.re.shi.i.de.su.

哇，好開心。

嬉しそうな顔。

u.re.shi.so.u.na.ka.o.

一臉開心的樣子。

相關單字

喜ばしい yo.ro.ko.ba.shi.i. 令人歡喜的

悲しい ka.na.shi.i. 難過的

運転（うんてん）

u.n.te.n.

駕駛

例句

車（くるま）を運転（うんてん）する。

ku.ru.ma.o.u.n.te.n.su.ru.

開車。

機械（きかい）を運転（うんてん）し始（はじ）める。

ki.ka.i.o.u.n.te.n.shi.ha.ji.me.ru.

開動機器。

車（くるま）の運転（うんてん）が上手（じょうず）だ。

ku.ru.ma.no.u.n.te.n.ga.jo.u.zu.da.

很會開車。

飲酒運転禁止（いんしゅうんてんきんし）。

i.n.shu.u.n.te.n.ki.n.shi.

禁止酒駕。

相關單字

運転手（うんてんしゅ） u.n.te.n.shu. 司機

運転免許（うんてんめんきょ） u.n.te.n.me.n.kyo. 駕照

上（うえ）

u.e.

上面

例句

テーブルの上（うえ）にケーキがあります。

te.e.bu.ru.no.u.e.ni.ke.e.ki.ga.a.ri.ma.su.

桌子的上面有蛋糕。

この本（ほん）をその机（つくえ）の上（うえ）に置（お）いてください。

ko.no.ho.n.o.so.no.tsu.ku.e.no.u.e.ni.o.i.te.ku.da.sa.i.

請把這本書放在那邊的桌子上。

あの山（やま）の上（うえ）にホテルがある。

a.no.ya.ma.no.u.e.ni.ho.te.ru.ga.a.ru.

那座山的上面有飯店。

たんすの上（うえ）に登（のぼ）った猫（ねこ）。

ta.n.su.no.u.e.ni.no.bo.tta.ne.ko.

爬到衣櫥上面的貓。

相關單字

下（した） shi.ta. 下
右（みぎ） mi.gi. 右
左（ひだり） hi.da.ri. 左

うし
後ろ

u.shi.ro.

後面

例句

がっこう　うし　こうえん
学校の後ろに公園がある。

ga.kko.u.no.u.shi.ro.ni.ko.u.e.n.ga.a.ru.

學校的後面有座公園。

こ　かあ　うし　かく
あの子はお母さんの後ろに隠れている。

a.no.ko.wa.o.ka.a.sa.n.no.u.shi.ro.ni.ka.ku.re.te.i.ru.

那個小孩躲在媽媽的後面。

かれ　わたし　うし　こえ　か
彼が私に後ろから声を掛けてきた。

ka.re.ga.wa.ta.shi.ni.u.shi.ro.ka.ra.ko.e.o.ka.ke.te.ki.ta.

他從我的後面叫了我。

ふく　うし　きたな
この服の後ろは汚い。

ko.no.fu.ku.no.u.shi.ro.wa.ki.ta.na.i.

這件衣服的後面很髒。

相關單字

まえ
前　ma.e.　前面

映画（えいが）

e.i.ga.

電影

例句

映画（えいが）を見（み）る。

e.i.ga.o.mi.ru.

看電影。

映画（えいが）を撮（と）る。

e.i.ga.o.to.ru.

拍攝電影。

明日（あした）は一緒（いっしょ）に映画（えいが）を見（み）に行（い）く？

a.shi.ta.wa.i.ssho.ni.e.i.ga.o.mi.ni.i.ku.

明天要一起去看電影嗎？

今日（きょう）は面白（おもしろ）い映画（えいが）を見（み）ました。

kyo.u.wa.o.mo.shi.ro.i.e.i.ga.o.mi.ma.shi.ta.

今天看了有趣的電影。

相關單字

映画館（えいがかん）　e.i.ga.ka.n.　電影院

映画化（えいがか）　e.i.ga.ka.　電影化

駅

えき

e.ki.

車站

例句

駅はどこですか？

e.ki.wa.do.ko.de.su.ka.

車站在哪裡？

次の駅で降りる。

tsu.gi.no.e.ki.de.o.ri.ru.

在下個車站下車。

新宿駅はどうやったら行けますか？

shi.n.ju.ku.e.ki.wa.do.u.ya.tta.ra.i.ke.ma.su.ka.

新宿車站要怎麼去？

彼女を駅まで送った。

ka.no.jo.o.e.ki.ma.de.o.ku.tta.

送她到車站。

相關單字

駅員（えきいん） e.ki.i.n. 站務員

切符（きっぷ） ki.ppu. 車票

影響（えいきょう）

e.i.kyo.u.

影響

例句

先生（せんせい）に影響（えいきょう）を受（う）けた。

se.n.se.i.ni.e.i.kyo.u.o.u.ke.ta.

受到老師的影響。

人生（じんせい）に大（おお）きな影響（えいきょう）を与（あた）えた。

ji.n.se.i.ni.o.o.ki.na.e.i.kyo.u.o.a.ta.e.ta.

對人生造成很大的影響。

経営（けいえい）に悪影響（あくえいきょう）を及（およ）ぼした。

ke.i.e.i.ni.a.ku.e.i.kyo.u.o.o.yo.bo.shi.ta.

對經營造成不良的影響。

台風（たいふう）の影響（えいきょう）で試合（しあい）がキャンセルになった。

ta.i.fu.u.no.e.i.kyo.u.de.shi.a.i.ga.kya.n.se.ru.ni.na.tta.

因為颱風的影響比賽取消了。

相關單字

影響力（えいきょうりょく） e.i.kyo.u.ryo.ku. 影響力

偉(えら)い

e.ra.i.

偉大、嚴重、地位高

例句

偉(えら)い人(ひと)になりたい。

e.ra.i.hi.to.ni.na.ri.ta.i.

想成為傑出的人。

偉(えら)そうな顔(かお)をしている。

e.ra.so.u.na.ka.o.o.shi.te.i.ru.

一臉了不起的樣子。

えらいことになってしまった。

e.ra.i.ko.to.ni.na.tte.shi.ma.tta.

事情嚴重了。

彼(かれ)は会社(かいしゃ)の偉(えら)い人(ひと)です。

ka.re.wa.ka.i.sha.no.e.ra.i.hi.to.de.su.

他是公司裡地位高的人。

相關單字

立派(りっぱ)　ri.ppa.　優秀

選ぶ（えら）

e.ra.bu.

選擇

例句

安（やす）いものを選（えら）ぶ。

ya.su.i.mo.no.o.e.ra.bu.

選擇便宜的東西。

班長（はんちょう）に選（えら）ばれた。

ha.n.cho.u.ni.e.ra.ba.re.ta.

被選為班長。

彼（かれ）は目的（もくてき）のためには手段（しゅだん）を選（えら）ばない人（ひと）だ。

ka.re.wa.mo.ku.te.ki.no.ta.me.ni.wa.shu.da.n.o.e.ra.ba.na.i.hi.to.da.

他是為了目的而不擇手段的人。

どっちを選（えら）ぶ？

do.cchi.o.e.ra.bu.

選哪一個？

相關單字

選択（せんたく） se.n.ta.ku. 選擇

よる yo.ru. 挑選

遠慮（えんりょ）

e.n.ryo.

客氣、婉拒、遠慮

例句

遠慮（えんりょ）なくたくさん食（た）べてください。

e.n.ryo.na.ku.ta.ku.sa.n.ta.be.te.ku.da.sa.i.

不用客氣請多吃點。

では遠慮（えんりょ）なくいただきます。

de.wa.e.n.ryo.na.ku.i.ta.da.ki.ma.su.

那我就不客氣了。

遠慮（えんりょ）させていただきます。

e.n.ryo.sa.se.te.i.ta.da.ki.ma.su.

請容許我拒絕。

深謀遠慮（しんぼうえんりょ）。

shi.n.bo.u.e.n.ryo.

深謀遠慮。

相關單字

遠慮（えんりょ）がち　e.n.ryo.ga.chi.　客氣
辞退（じたい）　ji.ta.i.　謝絕

絵（え）

e.

畫

例句

この絵（え）は誰（だれ）が描（か）いたの？

ko.no.e.wa.da.re.ga.ka.i.ta.no.

這幅畫是誰畫的呢？

綺麗（きれい）な絵（え）。

ki.re.i.na.e.

漂亮的畫。

私（わたし）は絵（え）を描（か）くことが好（す）きです。

wa.ta.shi.wa.e.o.ka.ku.ko.to.ga.su.ki.de.su.

我喜歡畫圖。

この絵（え）はとても有名（ゆうめい）です。

ko.no.e.wa.to.te.mo.yu.u.me.i.de.su.

這幅畫非常有名。

相關單字

写真（しゃしん）　sha.shi.n.　照片

絵本（えほん）　e.ho.n.　繪本

えび
海老

e.bi.

蝦子

例句

わたし　えび　か
私は海老を飼っている。

wa.ta.shi.wa.e.bi.o.ka.tte.i.ru.

我有養蝦子。

かれ　えび　た
彼はアレルギーで海老が食べられない。

ka.re.wa.a.re.ru.gi.i.de.e.bi.ga.ta.be.ra.re.na.i.

他因為過敏而不能吃蝦子。

わたし　えびりょうり　す
私は海老料理が好きです。

wa.ta.shi.wa.e.bi.ryo.u.ri.ga.su.ki.de.su.

我喜歡蝦子料理。

えび　たい　つ
海老で鯛を釣る。

e.bi.de.ta.i.o.tsu.ru.

用蝦釣鯛魚（拋磚引玉）。

相關單字

さかな
魚　sa.ka.na.　魚

多い

o.o.i.

多

例句

宿題が多い。

shu.ku.da.i.ga.o.o.i.

作業很多。

昨日の読書会の参加者は多かった。

ki.no.u.no.do.ku.sho.ka.i.no.sa.n.ka.sha.wa.o.o.ka.tta.

昨天讀書會的參加者很多。

このサークルのメンバーは女性が多い。

ko.no.sa.a.ku.ru.no.me.n.ba.a.wa.jo.se.i.ga.o.o.i.

這個社團的成員女生很多。

最近はダイエットをしている人が多い。

sa.i.ki.n.wa.da.i.e.tto.o.shi.te.i.ru.hi.to.ga.o.o.i.

最近在減肥的人很多。

相關單字

少ない su.ku.na.i. 少

送（おく）る

o.ku.ru.

送、寄、度過

例句

手紙（てがみ）を送（おく）る。

te.ga.mi.o.o.ku.ru.

寄信。

充実（じゅうじつ）した一年（いちねん）を送（おく）った。

ju.u.ji.tsu.shi.ta.i.chi.ne.n.o.o.ku.tta.

過了充實的一年。

車（くるま）で友達（ともだち）の家（いえ）まで送（おく）る。

ku.ru.ma.de.to.mo.da.chi.no.i.e.ma.de.o.ku.ru.

開車送朋友回家。

卒業生（そつぎょうせい）を送（おく）る。

so.tsu.gyo.u.se.i.o.o.ku.ru.

歡送畢業生。

相關單字

迎（むか）える　mu.ka.e.ru.　迎接

届（とど）く　to.do.ku.　送到

遅(おく)れる

o.ku.re.ru.

遲、落後、慢

例句

遅(おく)れてすみません。

o.ku.re.te.su.mi.ma.se.n.

對不起遲到了。

会社(かいしゃ)に遅(おく)れる。

ka.i.sha.ni.o.ku.re.ru.

上班遲到。

流行(りゅうこう)に遅(おく)れた。

ryu.u.ko.u.ni.o.ku.re.ta.

退流行。

私(わたし)の時計(とけい)は十分(じゅっぷん)遅(おく)れている。

wa.ta.shi.no.to.ke.i.wa.ju.ppu.n.o.ku.re.te.i.ru.

我的手錶慢十分鐘。

相關單字

遅刻(ちこく) chi.ko.ku. 遲到
進(すす)む su.su.mu. 前進

怒る（おこる）

o.ko.ru.

生氣、責備

例句

今母は怒っている。（いまははおこ）

i.ma.ha.ha.wa.o.ko.tte.i.ru.

媽媽現在在生氣。

先生に怒られた。（せんせいおこ）

se.n.se.i.ni.o.ko.ra.re.ta.

被老師責備了。

彼が怒る前に早く謝ったほうがいい。（かれ おこ まえ はや あやま）

ka.re.ga.o.ko.ru.ma.e.ni.ha.ya.ku.a.ya.ma.tta.ho.u.
ga.i.i.

在他生氣前趕快道歉比較好。

なぜ彼女は怒った？（かのじょ おこ）

na.ze.ka.no.jo.wa.o.ko.tta.

為什麼她生氣了？

相關單字

叱る（しか） shi.ka.ru. 責備
腹立つ（はらだ） ha.ra.da.tsu. 生氣

同じ(おな)じ

o.na.ji.

相同

例句

友達(ともだち)と同(おな)じ授業(じゅぎょう)を受(う)けた。

to.mo.da.chi.to.o.na.ji.ju.gyo.u.o.u.ke.ta.

和朋友上同樣的課。

彼(かれ)はいつも同(おな)じ過(あやま)ちを繰(く)り返(かえ)す。

ka.re.wa.i.tsu.mo.o.na.ji.a.ya.ma.chi.o.ku.ri.ka.e.su.

他總是犯同樣的錯誤。

同(おな)じ映画(えいが)を三回(さんかい)見(み)た。

o.na.ji.e.i.ga.o.sa.n.ka.i.mi.ta.

同一部電影看了三次。

同(おな)じ本(ほん)を二冊(にさつ)買(か)ってしまった。

o.na.ji.ho.n.o.ni.sa.tsu.ka.tte.shi.ma.tta.

不小心買了兩本一樣的書。

相關單字

違(ちが)い chi.ga.i. 不同、差異

異(こと)なる ko.to.na.ru. 不同

思(おも)う

o.mo.u.

想、認為、感覺

例句

私(わたし)はそう思(おも)わない。

wa.ta.shi.wa.so.u.o.mo.wa.na.i.

我不那麼想。

彼女(かのじょ)を大学(だいがく)の先生(せんせい)と思(おも)った。

ka.no.jo.o.da.i.ga.ku.no.se.n.se.i.to.o.mo.tta.

我把她認做成大學的老師了。

夢(ゆめ)にも思(おも)わなかった。

yu.me.ni.mo.o.mo.wa.na.ka.tta.

做夢也沒想到。

怖(こわ)いと思(おも)う。

ko.wa.i.to.o.mo.u.

覺得可怕。

相關單字

考(かんが)える　ka.n.ga.e.ru.　思考

感(かん)じる　ka.n.ji.ru.　感覺

面白い

o.mo.shi.ro.i.

有趣的、愉快的、可笑的

例句

この小説はとても面白い。

ko.no.sho.u.se.tsu.wa.to.te.mo.o.mo.shi.ro.i.

這個小說非常有趣。

面白いドラマを見た。

o.mo.shi.ro.i.do.ra.ma.o.mi.ta.

看了有趣的電視劇。

今回の旅行は面白かった。

ko.n.ka.i.no.ryo.ko.u.wa.o.mo.shi.ro.ka.tta.

這次的旅行很愉快。

今日は面白い話を聞いた。

kyo.u.wa.o.mo.shi.ro.i.ha.na.shi.o.ki.i.ta.

今天聽到了好笑的事情。

相關單字

可笑しい o.ka.shi.i. 可笑的、奇怪

つまらない tsu.ma.ra.na.i. 無聊的

BOOK

日本人最常用的五十音單字

カ行

千万両

買(か)う

ka.u.

買。

例句

私(わたし)は財布(さいふ)を買(か)う。

wa.ta.shi.wa.sa.i.fu.o.ka.u.

我要買錢包。

新(あたら)しい服(ふく)を買(か)った。

a.ta.ra.shi.i.fu.ku.o.ka.tta.

買了新的衣服。

ケーキを買(か)いたい。

ke.e.ki.o.ka.i.ta.i.

想買蛋糕。

何(なに)を買(か)いますか？

na.ni.o.ka.i.ma.su.ka.

要買甚麼？

相關單字

買(か)い物(もの)　ka.i.mo.no.　購物

売(う)る　u.ru.　賣

返す

かえ

ka.e.su.

歸還、報答

例句

彼に借りた本を返した。

ka.re.ni.ka.ri.ta.ho.n.o.ka.e.shi.ta.

還了向他借的書。

話を白紙に返す。

ha.na.shi.o.ha.ku.shi.ni.ka.e.su.

事情回到原點。

お金を返す。

o.ka.ne.o.ka.e.su.

還錢。

恩を返す。

o.n.o.ka.e.su.

報恩。

相關單字

返済する he.n.sa.i.su.ru. 歸還

戻す mo.do.su. 歸還

書く

ka.ku.

寫

例句

ここに名前を書いてください。

ko.ko.ni.na.ma.e.o.ka.i.te.ku.da.sa.i.

請這這裡寫上名字。

字を書く。

ji.o.ka.ku.

寫字。

私は毎日日記を書いている。

wa.ta.shi.wa.ma.i.ni.chi.ni.kki.o.ka.i.te.i.ru.

我每天寫日記。

作文を書く。

sa.ku.bu.n.o.ka.ku.

寫作文。

相關單字

記す　shi.ru.su.　書寫、記錄

貸(か)す

ka.su.

出借、出租

例句

この本(ほん)を貸(か)してください。

ko.no.ho.n.o.ka.shi.te.ku.da.sa.i.

請借我這本書。

手(て)を貸(か)す。

te.o.ka.su.

幫助。

妹(いもうと)にお金(かね)を貸(か)した。

i.mo.u.to.ni.o.ka.ne.o.ka.shi.ta.

借錢給妹妹。

絶対(ぜったい)あの人(ひと)にはお金(かね)を貸(か)さない。

ze.tta.i.a.no.hi.to.ni.wa.o.ka.ne.o.ka.sa.na.i.

絕對不借錢給那個人。

相關單字

借(か)りる　ka.ri.ru.　借入

かたづ
片付ける

ka.ta.zu.ke.ru.

收拾、處理

例句

にもつ　かたづ
荷物を片付ける。

ni.mo.tsu.o.ka.ta.zu.ke.ru.

整理行李。

はや　へや　かたづ
早く部屋を片付けてください。

ha.ya.ku.he.ya.o.ka.ta.zu.ke.te.ku.da.sa.i.

快點去整理房間。

しごと　かたづ
この仕事を片付ける。

ko.no.shi.go.to.o.ka.ta.zu.ke.ru.

處理這件事。

どうろじょう　どうぶつ　したい　かたづ
道路上の動物の死体を片付ける。

do.u.ro.jo.u.no.do.u.bu.tsu.no.shi.ta.i.o.ka.ta.zu.ke.ru.

處理道路上動物的屍體。

相關單字

せいり
整理する　se.i.ri.su.ru.　整理、清理

ととの
整える　to.to.no.e.ru.　整理、調整

勝手（かって）

ka.tte.

任意、隨便

例句

勝手（かって）にしなさい。

ka.tte.ni.shi.na.sa.i.

隨便你。

私（わたし）の日記（にっき）を勝手（かって）に見（み）るな。

wa.ta.shi.no.ni.kki.o.ka.tte.ni.mi.ru.na.

不要隨便看我的日記。

ここの材料（ざいりょう）を勝手（かって）に使（つか）ってもいいよ。

ko.ko.no.za.i.ryo.u.o.ka.tte.ni.tsu.ka.tte.mo.i.i.yo.

這裡的材料可以隨意使用喔。

この花瓶（かびん）に勝手（かって）に触（さわ）らないでください。

ko.no.ka.bi.n.ni.ka.tte.ni.sa.wa.ra.na.i.de.ku.da.sa.i.

請不要隨意碰這個花瓶。

相關單字

気（き）まま　ki.ma.ma.　任性、隨便

わがまま　wa.ga.ma.ma.　任性

必ず

かなら

ka.na.ra.zu.

一定、必然

か段 き段 く段 け段 こ段

例句

明日必ず来てください。

a.shi.ta.ka.na.ra.zu.ki.te.ku.da.sa.i.

明天請你一定要來。

将来必ず会える。

sho.u.ra.i.ka.na.ra.zu.a.e.ru.

將來一定會見到的。

私は毎日必ず運動する。

wa.ta.shi.wa.ma.i.ni.chi.ka.na.ra.zu.u.n.do.u.su.ru.

我每天一定會運動。

勉強すれば、必ず受かるよ。

be.n.kyo.u.su.re.ba./ka.na.ra.zu.u.ka.ru.yo.

用功的話一定會考上的喔。

相關單字

間違いない　ma.chi.ga.i.na.i.　肯定是、錯不了

絶対に　ze.tta.i.ni.　絕對

ki.ku.

聽、打聽

例句

音楽を聴く。

o.n.ga.ku.o.ki.ku.

聽音樂。

彼に詳しい内容を聞く。

ka.re.ni.ku.wa.shi.i.na.i.yo.u.o.ki.ku.

向他打聽詳細的內容。

駅員に道を聞く。

e.ki.i.n.ni.mi.chi.o.ki.ku.

像站務員問路。

面白い話を聞いた。

o.mo.shi.ro.i.ha.na.shi.o.ki.i.ta.

聽到了有趣的事。

相關單字

尋ねる　ta.zu.ne.ru.　詢問

質問する　shi.tsu.mo.n.su.ru.　提問

Track 028

機嫌

きげん

ki.ge.n.

心情、情緒

か段 き段 く段 け段 こ段

例句

今日の私は機嫌がいい。

kyo.u.no.wa.ta.shi.wa.ki.ge.n.ga.i.i.

今天我的心情很好。

友達の機嫌を取る。

to.mo.da.chi.no.ki.ge.n.o.to.ru.

取悅朋友。

母の機嫌が悪い。

ha.ha.no.ki.ge.n.ga.wa.ru.i.

媽媽心情不好。

ご機嫌はいかがですか？

go.ki.ge.n.wa.i.ka.ga.de.su.ka.

您好嗎？

相關單字

御機嫌よう（ごきげんよう） go.ki.ge.n.yo.u. 您好／多保重

機嫌顔（きげんがお） ki.ge.n.ga.o. 高興的樣子

汚い(きたな)

ki.ta.na.i.

髒、亂

例句

部屋(へや)が汚(きたな)い。

he.ya.ga.ki.ta.na.i.

房間髒亂。

汚(きたな)い服(ふく)を洗(あら)う。

ki.ta.na.i.fu.ku.o.a.ra.u.

洗髒衣服。

私(わたし)の字(じ)は汚(きたな)い。

wa.ta.shi.no.ji.wa.ki.ta.na.i.

我的字很潦草。

この本(ほん)の表紙(ひょうし)が汚(きたな)い。

ko.no.ho.n.no.hyo.u.shi.ga.ki.ta.na.i.

這本書的封面很髒。

相關單字

きれい　ki.re.i.　乾淨、美麗

気(き)の毒(どく)

ki.no.do.ku.

可憐、可惜、抱歉

例句

気(き)の毒(どく)な人(ひと)。

ki.no.do.ku.na.hi.to.

可憐的人。

お気(き)の毒(どく)に存(ぞん)じます。

o.ki.no.do.ku.ni.zo.n.ji.ma.su.

同情您的不幸。

友達(ともだち)に気(き)の毒(どく)なことをした。

to.mo.da.chi.ni.ki.no.do.ku.na.ko.to.o.shi.ta.

做了對不起朋友的事。

友達(ともだち)を気(き)の毒(どく)に思(おも)う。

to.mo.da.chi.o.ki.no.do.ku.ni.o.mo.u.

對朋友感到同情。

相關單字

かわいそう ka.wa.i.so.u. 可憐的

興味（きょうみ）

kyo.u.mi.

興趣、興致

例句

この研究（けんきゅう）に興味（きょうみ）がある。

ko.no.ke.n.kyu.u.ni.kyo.u.mi.ga.a.ru.

對這研究有興趣。

このゲームに興味津々（きょうみしんしん）。

ko.no.ge.e.mu.ni.kyo.u.mi.shi.n.shi.n.

對這個遊戲感到津津有味。

政治（せいじ）に興味（きょうみ）を持（も）っている。

se.i.ji.ni.kyo.u.mi.o.mo.tte.i.ru.

對政治感興趣。

美術（びじゅつ）に興味（きょうみ）がない。

bi.ju.tsu.ni.kyo.u.mi.ga.na.i.

對美術沒興趣。

相關單字

関心（かんしん）　ka.n.shi.n.　感興趣

嫌う

ki.ra.u.

討厭

例句

友達に嫌われた。

to.mo.da.chi.ni.ki.ra.wa.re.ta.

被朋友討厭了。

妹は勉強を嫌う。

i.mo.u.to.wa.be.n.kyo.u.o.ki.ra.u.

妹妹討厭讀書。

嘘つきな人を嫌う。

u.so.tsu.ki.na.hi.to.o.ki.ra.u.

討厭說謊的人。

相關單字

嫌がる　i.ya.ga.ru.　討厭
好む　ko.no.mu.　喜歡

禁煙(きんえん)

ki.n.e.n.

禁菸、戒菸

例句

ここは禁煙(きんえん)です。

ko.ko.wa.ki.n.e.n.de.su.

這裡禁止吸菸。

私(わたし)は健康(けんこう)のために禁煙(きんえん)した。

wa.ta.shi.wa.ke.n.ko.u.no.ta.me.ni.ki.n.e.n.shi.ta.

我為了健康而戒菸了。

ここは禁煙(きんえん)ですか？

ko.ko.wa.ki.n.e.n.de.su.ka.

這邊禁止吸菸嗎？

早(はや)く禁煙(きんえん)したほうがいい。

ha.ya.ku.ki.n.e.n.shi.ta.ho.u.ga.i.i.

早點戒菸比較好。

相關單字

喫煙(きつえん)　ki.tsu.e.n.　吸菸

タバコ　ta.ba.ko.　香菸

食(く)う

ku.u.

吃、咬、費、遭受

例句

飯(めし)を食(く)う。

me.shi.o.ku.u.

吃飯。

私(わたし)は蚊(か)に食(く)われた。

wa.ta.shi.wa.ka.ni.ku.wa.re.ta.

我被蚊子叮了。

これは時間(じかん)を食(く)う研究(けんきゅう)だ。

ko.re.wa.ji.ka.n.o.ku.u.ke.n.kyu.u.da.

這個是很耗時間的研究。

相手(あいて)に一杯(いっぱい)食(く)わされた。

a.i.te.ni.i.ppa.i.ku.wa.sa.re.ta.

上了對方的當。

相關單字

食(た)べる　ta.be.ru.　吃

費(つい)やす　tsu.i.ya.su.　耗費

腐(くさ)る

ku.sa.ru.

腐敗、墮落

例句

弁当(べんとう)が腐(くさ)った。

be.n.do.u.ga.ku.sa.tta.

便當壞掉了。

腐(くさ)った牛乳(ぎゅうにゅう)を飲(の)んでしまった。

ku.sa.tta.gyu.u.nyu.u.o.no.n.de.shi.ma.tta.

喝到了壞掉的牛奶了。

彼(かれ)は性根(しょうね)が腐(くさ)っている。

ka.re.wa.sho.u.ne.ga.ku.sa.tte.i.ru.

他的心已經墮落了。

相關單字

臭(くさ)い　ku.sa.i.　臭

癖(くせ)

ku.se.

習慣、癖好

例句

爪(つめ)をかむ癖(くせ)がある。

tsu.me.o.ka.mu.ku.se.ga.a.ru.

有咬指甲的習慣。

毎日掃除(まいにちそうじ)をする癖(くせ)をつける。

ma.i.ni.chi.so.u.ji.o.su.ru.ku.se.o.tsu.ke.ru.

養成每天打掃的習慣。

浪費癖(ろうひくせ)がついた。

ro.u.hi.ku.se.ga.tsu.i.ta.

養成浪費的習慣。

癖(くせ)になる。

ku.se.ni.na.ru.

上癮。

相關單字

慣(な)れる　na.re.ru.　習慣

首（くび）

ku.bi.

脖子、頭、職位

例句

首（くび）になる。

ku.bi.ni.na.ru.

被解雇。

首（くび）を横（よこ）に振（ふ）る。

ku.bi.o.yo.ko.ni.fu.ru.

不同意、搖頭。

首（くび）を縦（たて）に振（ふ）る。

ku.bi.o.ta.te.ni.fu.ru.

同意、點頭。

首（くび）をくくる。

ku.bi.o.ku.ku.ru.

上吊。

相關單字

ネックレス　ne.kku.re.su.　項鍊

悔(くや)しい

ku.ya.shi.i.

遺憾的、氣憤的

例句

パーティーに行(い)けなくて悔(くや)しかった。

pa.a.ti.i.ni.i.ke.na.ku.te.ku.ya.shi.ka.tta.

沒能參加派對感到很遺憾。

試合(しあい)に負(ま)けて悔(くや)しくてたまらない。

shi.a.i.ni.ma.ke.te.ku.ya.shi.ku.te.ta.ma.ra.na.i.

輸了比賽覺得氣憤得不得了。

こんな時(とき)に何(なん)にもできないなんて本当(ほんとう)に悔(くや)しい。

ko.n.na.to.ki.ni.na.n.ni.mo.de.ki.na.i.na.n.te.ho.n.to.u.ni.ku.ya.shi.i.

在這種時候卻甚麼都不能做真的覺得很氣憤。

悔(くや)しいと思(おも)う。

ku.ya.shi.i.to.o.mo.u.

感到遺憾。

相關單字

口惜(くちお)しい　ku.chi.o.shi.i.　可惜的

くらい

ku.ra.i.

大約、左右

例句

この カ バ ン は 三千円（さんぜんえん）くらい。

ko.no.ka.ba.n.wa.sa.n.ze.n.e.n.ku.ra.i.

這個包包大約三千日圓左右。

学校（がっこう）まで二十分（にじゅっぷん）くらいかかる。

ga.kko.u.ma.de.ni.ju.ppu.n.ku.ra.i.ka.ka.ru.

到學校大約要二十分鐘。

この本（ほん）は三回（さんかい）くらい読（よ）んだ。

ko.no.ho.n.wa.sa.n.ka.i.ku.ra.i.yo.n.da.

這本書大概看了三次左右。

あの人（ひと）は三十歳（さんじゅっさい）ぐらい。

a.no.hi.to.wa.sa.n.ju.u.sa.i.gu.ra.i.

那個人大概三十歲左右。

相關單字

ほど　ho.do.　時間、數量等的大致範圍

暮(く)らす

ku.ra.su.

生活、度日

例句

私(わたし)は一人(ひとり)で暮(く)らしたい。

wa.ta.shi.wa.hi.to.ri.de.ku.ra.shi.ta.i.

我想要一個人生活。

今(いま)は両親(りょうしん)と一緒(いっしょ)に暮(く)らしています。

i.ma.wa.ryo.u.shi.n.to.i.ssho.ni.ku.ra.shi.te.i.ma.su.

現在和雙親住在一起。

田舎(いなか)で暮(く)らしたくない。

i.na.ka.de.ku.ra.shi.ta.ku.na.i.

不想要生活在鄉下。

ここはとても暮(く)らしやすい。

ko.ko.wa.to.te.mo.ku.ra.shi.ya.su.i.

這裡非常容易生活度日。

相關單字

生活(せいかつ)　se.i.ka.tsu.　生活

住(す)む　su.mu.　住

怪我（けが）

ke.ga.

受傷

例句

転（ころ）んで怪我（けが）をした。

ko.ro.n.de.ke.ga.o.shi.ta.

因為跌倒而受傷了。

足（あし）の怪我（けが）が治（なお）った。

a.shi.no.ke.ga.ga.na.o.tta.

腳的傷好了。

昨日（きのう）交通事故（こうつうじこ）で怪我（けが）をした。

ki.no.u.ko.u.tsu.u.ji.ko.de.ke.ga.o.shi.ta.

昨天因為車禍而受傷了。

怪我（けが）のため仕事（しごと）ができない。

ke.ga.no.ta.me.shi.go.to.ga.de.ki.na.i.

因為受傷所以不能工作。

相關單字

負傷（ふしょう） fu.sho.u. 受傷

消す

ke.su.

切斷、熄滅、擦掉

例句

電気を消してください。

de.n.ki.o.ke.shi.te.ku.da.sa.i.

請把電燈關掉。

火を消す。

hi.o.ke.su.

滅火。

先生は黒板の字を消した。

se.n.se.i.wa.ko.ku.ba.n.no.ji.o.ke.shi.ta.

老師把黑板上的字擦掉了。

犯人は証拠を消した。

ha.n.ni.n.wa.sho.u.ko.o.ke.shi.ta.

犯人把證據給消除了。

相關單字

止める to.me.ru. 關閉、使停止

つける tsu.ke.ru. 點上、開啟

けち

ke.chi.

小氣、簡陋、不吉利

例句

彼(かれ)はけちな男(おとこ)だ。

ka.re.wa.ke.chi.na.o.to.ko.da.

他是個小氣的男人。

けちな性格(せいかく)。

ke.chi.na.se.i.ka.ku.

小氣的個性。

けちな人(ひと)。

ke.chi.na.hi.to.

吝嗇的人。

けちがつく。

ke.chi.ga.tsu.ku.

不吉利、不順利。

相關單字

吝嗇(りんしょく) ri.n.sho.ku. 小氣

しみったれ shi.mi.tta.re. 小心眼、吝嗇

結果（けっか）

ke.kka.

結果

例句

試合（しあい）の結果（けっか）をニュースで見（み）た。

shi.a.i.no.ke.kka.o.nyu.u.su.de.mi.ta.

在新聞上看到了比賽的結果。

試験（しけん）の結果（けっか）が発表（はっぴょう）された。

shi.ke.n.no.ke.kka.ga.ha.ppyo.u.sa.re.ta.

比賽的結果被發表了。

いい結果（けっか）を得（え）た。

i.i.ke.kka.o.e.ta.

得到了好結果。

結果（けっか）が出（で）た。

ke.kka.ga.de.ta.

結果出來了。

相關單字

結局（けっきょく）　ke.kkyo.ku.　結局

けっこん
結婚

ke.kko.n.

結婚

例句

らいねん　じゅうがつ　けっこん
来年の十月に結婚する。

ra.i.ne.n.no.ju.u.ga.tsu.ni.ke.kko.n.su.ru.

明年十月結婚。

わたし　　　けっこん
私はもう結婚した。

wa.ta.shi.wa.mo.u.ke.kko.n.shi.ta.

我已經結婚了。

けっこんしき
結婚式をあげる。

ke.kko.n.shi.ki.o.a.ge.ru.

舉辦結婚典禮。

なん　けっこん
何で結婚しないのですか？

na.n.de.ke.kko.n.shi.na.i.no.de.su.ka.

為什麼不結婚呢？

相關單字

りこん
離婚　ri.ko.n.　離婚

けっこんきねんび
結婚記念日　ke.kko.n.ki.ne.n.bi.　結婚紀念日

月曜日（げつようび）

ge.tsu.yo.u.bi.

星期一

例句

今日（きょう）は月曜日（げつようび）です。

kyo.u.wa.ge.tsu.yo.u.bi.de.su.

今天是星期一。

来週（らいしゅう）の月曜日（げつようび）に帰国（きこく）する。

ra.i.shu.u.no.ge.tsu.yo.u.bi.ni.ki.ko.ku.su.ru.

下周一回國。

相關單字

火曜日（かようび） ka.yo.u.bi. 星期二
水曜日（すいようび） su.i.yo.u.bi. 星期三
木曜日（もくようび） mo.ku.yo.u.bi. 星期四
金曜日（きんようび） ki.n.yo.u.bi. 星期五
土曜日（どようび） do.yo.u.bi. 星期六
日曜日（にちようび） ni.chi.yo.u.bi. 星期日

元気（げんき）

ge.n.ki.

元氣、精神

例句

お元気（げんき）ですか？

o.ge.n.ki.de.su.ka.

你好嗎？

元気（げんき）を出（だ）して。

ge.n.ki.o.da.shi.te.

打起精神來。

元気（げんき）がないみたい。

ge.n.ki.ga.na.i.mi.ta.i.

看起來沒甚麼精神。

彼女（かのじょ）はいつも元気（げんき）だ。

ka.no.jo.wa.i.tsu.mo.ge.n.ki.da.

她一直都很有朝氣。

相關單字

健康（けんこう） ke.n.ko.u. 健康

恋

ko.i.

戀愛、眷戀

例句

彼女は恋におちた。

ka.no.jo.wa.ko.i.ni.o.chi.ta.

她墜入情網了。

恋の悩みがある。

ko.i.no.na.ya.mi.ga.a.ru.

有戀愛的煩惱。

私は恋がしたい。

wa.ta.shi.wa.ko.i.ga.shi.ta.i.

我想要談戀愛。

「恋は盲目」とよく言われる。

ko.i.wa.mo.u.mo.ku.to.yo.ku.i.wa.re.ru.

人們常說「戀愛使人變得盲目」。

相關單字

恋愛　re.n.a.i.　戀愛

ラブ　ra.bu.　愛情

心

ko.ko.ro.

心、誠心、想法

例句

彼女は心が優しい人だ。

ka.no.jo.wa.ko.ko.ro.ga.ya.sa.shi.i.hi.to.da.

她是個心地善良的人。

これは私が心を込めて作った料理です。

ko.re.wa.wa.ta.shi.ga.ko.ko.ro.o.ko.me.te.tsu.ku.tta.

ryo.u.ri.de.su.

這個是我充滿心意做出來的料理。

心から感謝する。

ko.ko.ro.ka.ra.ka.n.sha.su.ru.

衷心地感謝。

友達に心を打ち明けた。

to.mo.da.chi.ni.ko.ko.ro.o.u.chi.a.ke.ta.

和朋友説出心裡的話。

相關單字

心地　ko.ko.chi.　心情、感覺

心当たり　ko.ko.ro.a.ta.ri.　猜想、估計

答える

ko.ta.e.ru.

回答、答覆

例句

質問に答えてください。

shi.tsu.mo.n.ni.ko.ta.e.te.ku.da.sa.i.

請回答問題。

彼がこの問題に答える。

ka.re.ga.ko.no.mo.n.da.i.ni.ko.ta.e.ru.

他回答這個問題。

正直に答えた。

sho.u.ji.ki.ni.ko.ta.e.ta.

老實地回答了。

間違った答えを答えた。

ma.chi.ga.tta.ko.ta.e.o.ko.ta.e.ta.

回答了錯的答案。

相關單字

質問 shi.tsu.mo.n. 問題

答え ko.ta.e. 答案

ko.do.mo.

小孩、孩子、兒童

例句

私は子供が嫌いだ。

wa.ta.shi.wa.ko.do.mo.ga.ki.ra.i.da.

我討厭小孩子。

子供と一緒に遊ぶ。

ko.do.mo.to.i.ssho.ni.a.so.bu.

和小朋友一起玩。

子供ができました。

ko.do.mo.ga.de.ki.ma.shi.ta.

有了小孩。

これは私の子供の頃のおもちゃです。

ko.re.wa.wa.ta.shi.no.ko.do.mo.no.ko.ro.no.o.mo.cha.de.su.

這是我小時候的玩具。

相關單字

大人 o.to.na. 成人

ことわ
断る

ko.to.wa.ru.

拒絕、預先通知

例句

しゅっせき ことわ
パーティーの出席を断る。

pa.a.ti.i.no.shu.sse.ki.o.ko.to.wa.ru.

拒絕參加派對。

かのじょ しょくじ さそ ことわ
彼女を食事に誘ったが断られた。

ka.no.jo.o.sho.ku.ji.ni.sa.so.tta.ga.ko.to.wa.ra.re.ta.

約了她吃飯但是被拒絕了。

せんぱい ことわ そうたい
先輩に断って早退した。

se.n.pa.i.ni.ko.to.wa.tte.so.u.ta.i.shi.ta.

向前輩說了一聲然後就早退了。

かれ だれ ことわ ざいりょう かって
彼は誰にも断らずにこの材料を勝手に
つか
使った。

ka.re.wa.da.re.ni.mo.ko.to.wa.ra.zu.ni.ko.no.za.i.

ryo.u.o.ka.tte.ni.tsu.ka.tta.

他沒得到任何人的允許就擅自用了這個材料。

相關單字

きょひ
拒否 kyo.hi. 拒絕

ko.wa.i.

可怕的

例句

この映画はとても怖い。

ko.no.e.i.ga.wa.to.te.mo.ko.wa.i.

這個電影很可怕。

怖いもの見たさ。

ko.wa.i.mo.no.mi.ta.sa.

越怕越想看。

怖い話を聞いた。

ko.wa.i.ha.na.shi.o.ki.i.ta.

聽到了恐怖的事情。

彼は怖い顔をしている。

ka.re.wa.ko.wa.i.ka.o.o.shi.te.i.ru.

他一臉凶惡的樣子。

相關單字

恐ろしい　o.so.ro.shi.i.　可怕的

壊す(こわ)

ko.wa.su.

弄壞、損害

例句

携帯電話を壊しちゃった。(けいたいでんわ)(こわ)

ke.i.ta.i.de.n.wa.o.ko.wa.shi.cha.tta.

把手機弄壞了。

そんなに徹夜したら体を壊すよ。(てつや)(からだ)(こわ)

so.n.na.ni.te.tsu.ya.shi.ta.ra.ka.ra.da.o.ko.wa.su.yo.

那樣熬夜的話會把身體搞壞喔。

雰囲気を壊しちゃった。(ふんいき)(こわ)

fu.n.i.ki.o.ko.wa.shi.cha.tta.

把氣氛給搞砸了。

彼は計画を壊した。(かれ)(けいかく)(こわ)

ka.re.wa.ke.i.ka.ku.o.ko.wa.shi.ta.

他把計畫給搞砸了。

相關單字

直す(なお) na.o.su. 修理

損なう(そこ) so.ko.na.u. 損壞

日本人最常用的
五十音單字

さいあく
最悪

sa.i.a.ku.

最壞、最糟

例句

最悪(さいあく)な事態(じたい)になってしまった。

sa.i.a.ku.na.ji.ta.i.ni.na.tte.shi.ma.tta.

演變成最壞的情事了。

最悪(さいあく)なことが起(お)きました。

sa.i.a.ku.na.ko.to.ga.o.ki.ma.shi.ta.

發生了糟糕的事。

最悪(さいあく)な結果(けっか)を予想(よそう)する。

sa.i.a.ku.na.ke.kka.o.yo.so.u.su.ru.

預想最糟糕的結果。

人(ひと)を騙(だま)すのは最悪(さいあく)な行為(こうい)だ。

hi.to.o.da.ma.su.no.wa.sa.i.a.ku.na.ko.u.i.da.

欺騙人是最糟糕的行為。

相關單字

最善(さいぜん)　sa.i.ze.n.　最好

下がる

sa.ga.ru.

下降、退步

例句

この芸能人の人気が下がった。

ko.no.ge.i.no.u.ji.n.no.ni.n.ki.ga.sa.ga.tta.

這位藝人的人氣下滑了。

気温が下がる。

ki.o.n.ga.sa.ga.ru.

氣溫下降。

物価が下がる。

bu.kka.ga.sa.ga.ru.

物價下降。

私の成績が下がった。

wa.ta.shi.no.se.i.se.ki.ga.sa.ga.tta.

我的成績退步了。

相關單字

上がる　a.ga.ru.　上漲、提高

ざっし
雑誌

za.sshi.

雑誌

さ段
し段
す段
せ段
そ段

例句

わたし　ざっし　よ
私は雑誌を読んでいる。

wa.ta.shi.wa.za.sshi.o.yo.n.de.i.ru.

我正在看雜誌。

ざっし　か
雑誌を買う。

za.sshi.o.ka.u.

買雜誌。

かれ　ざっし　へんしゅう
彼は雑誌を編集する。

ka.re.wa.za.sshi.o.he.n.shu.u.su.ru.

他在編輯雜誌。

ざっし　かんこう
雑誌を刊行する。

za.sshi.o.ka.n.ko.u.su.ru.

出版發行雜誌。

相關單字

ほん
本　ho.n.　書

しんぶん
新聞　shi.n.bu.n.　報紙

早速

さっそく

sa.sso.ku.

馬上、立刻

例句

早速結果が出た。

sa.sso.ku.ke.kka.ga.de.ta.

結果馬上出來了。

ベストセラーの小説を早速読んだ。

be.su.to.se.ra.a.no.sho.u.se.tsu.o.sa.sso.ku.yo.n.da.

馬上將暢銷小說看完。

早速のご連絡ありがとうございます。

sa.sso.ku.no.go.re.n.ra.ku.a.ri.ga.to.u.go.za.i.ma.su.

謝謝您馬上聯絡。

相關單字

すぐ　su.gu.　馬上

寂(さび)しい

sa.bu.shi.i.

寂寞、淒涼

例句

一人(ひとり)でご飯(はん)を食(た)べるのは寂(さび)しい。

hi.to.ri.de.go.ha.n.o.ta.be.ru.no.wa.sa.bi.shi.i.

一個人吃飯很寂寞。

家族(かぞく)と会(あ)えなくて寂(さび)しい。

ka.zo.ku.to.a.e.na.ku.te.sa.bi.shi.i.

不能見到家人很寂寞。

ここの景色(けしき)はとても寂(さび)しい。

ko.ko.no.ke.shi.ki.wa.to.te.mo.sa.bi.shi.i.

這裡的景色很淒涼。

一人暮(ひとりぐ)らしは寂(さび)しいと思(おも)う。

hi.to.ri.gu.ra.shi.wa.sa.bi.shi.i.to.o.mo.u.

覺得一個人生活很寂寞。

相關單字

賑(にぎ)やか　ni.gi.ya.ka.　熱鬧的

孤独(こどく)　ko.do.ku.　孤獨、孤單

様々（さまざま）

sa.ma.za.ma.

各式各樣

例句

様々（さまざま）な資料（しりょう）を調（しら）べた。

sa.ma.za.ma.na.shi.ryo.u.o.shi.ra.be.ta.

查了各式各樣的資料。

様々（さまざま）な人々（ひとびと）を集（あつ）めた。

sa.ma.za.ma.na.hi.to.bi.to.o.a.tsu.me.ta.

招集了各式各樣的人。

様々（さまざま）な意見（いけん）を聞（き）く。

sa.ma.za.ma.na.i.ke.n.o.ki.ku.

聽各式各樣的意見。

様々（さまざま）な理由（りゆう）でこの仕事（しごと）を辞（や）めた。

sa.ma.za.ma.na.ri.yu.u.de.ko.no.shi.go.to.o.ya.me.ta.

因為各種理由所以辭職了。

相關單字

いろいろ　i.ro.i.ro.　各式各樣

サボる

sa.bo.ru.

偷懶、曠工

例句

授業(じゅぎょう)をサボる。

ju.gyo.u.o.sa.bo.ru.

翹課。

仕事(しごと)をサボる。

shi.go.to.o.sa.bo.ru.

曠職。

サークルの練習(れんしゅう)をサボった。

sa.a.ku.ru.no.re.n.shu.u.o.sa.bo.tta.

翹掉社團的練習。

学校(がっこう)をサボっちゃだめだよ。

ga.kko.u.o.sa.bo.ccha.da.me.da.yo.

翹課是不行的喔。

相關單字

休(やす)む　ya.su.mu.　缺席、休息

仕事（しごと）

shi.go.to.

工作、職業

例句

お仕事（しごと）は何（なん）ですか？

o.shi.go.to.wa.na.n.de.su.ka.

您從是甚麼工作？

仕事（しごと）を辞（や）める。

shi.go.to.o.ya.me.ru.

辭掉工作。

仕事（しごと）を探（さが）す。

shi.go.to.o.sa.ga.su.

找工作。

この仕事（しごと）は私（わたし）に任（まか）せてください。

ko.no.shi.go.to.wa.wa.ta.shi.ni.ma.ka.se.te.ku.da.sa.i.

請把這個工作交給我來辦。

相關單字

働（はたら）く　ha.ta.ra.ku.　工作

静(しず)か

shi.zu.ka.

安靜、文靜

例句

静(しず)かにしてください。

shi.zu.ka.ni.shi.te.ku.da.sa.i.

請安靜。

静(しず)かな場所(ばしょ)で勉強(べんきょう)する。

shi.zu.ka.na.ba.sho.de.be.n.kyo.u.su.ru.

在安靜的地方念書。

静(しず)かな環境(かんきょう)。

shi.zu.ka.na.ka.n.kyo.u.

安靜的環境。

彼女(かのじょ)は静(しず)かな人(ひと)だ。

ka.no.jo.wa.shi.zu.ka.na.hi.to.da.

她是個文靜的人。

相關單字

賑(にぎ)やか　ni.gi.ya.ka.　熱鬧
穏(おだ)やか　o.da.ya.ka.　平靜

喋（しゃべ）る

sha.be.ru.

講、説

例句

この秘密（ひみつ）は誰（だれ）にも喋（しゃべ）らないでください。

ko.no.hi.mi.tsu.wa.da.re.ni.mo.sha.be.ra.na.i.de.ku.
da.sa.i.

這個祕密請不要跟任何人說。

私（わたし）は英語（えいご）が喋（しゃべ）れない。

wa.ta.shi.wa.e.i.go.ga.sha.be.re.na.i.

我不會說英文。

彼女（かのじょ）はよく喋（しゃべ）る人（ひと）だ。

ka.no.jo.wa.yo.ku.sha.be.ru.hi.to.da.

她是個愛說話的人。

彼（かれ）は真実（しんじつ）を喋（しゃべ）った。

ka.re.wa.shi.n.ji.tsu.o.sha.be.tta.

他把事實給說出來了。

相關單字

話（はな）す　ha.na.su.　說話
言（い）う　i.u.　說

邪魔(じゃま)

ja.ma.

妨礙、拜訪

例句

お邪魔(じゃま)します。

o.ja.ma.shi.ma.su.

（拜訪別人家前說）打擾了。

邪魔(じゃま)するな。

ja.ma.su.ru.na.

別來妨礙。

これをここに置(お)いたら邪魔(じゃま)になるよ。

ko.re.o.ko.ko.ni.o.i.ta.ra.ja.ma.ni.na.ru.yo.

把這東西放在這裡會造成妨礙喔。

仕事(しごと)の邪魔(じゃま)をする人(ひと)がいて困(こま)る。

shi.go.to.no.ja.ma.o.su.ru.hi.to.ga.i.te.ko.ma.ru.

有干擾我工作的人讓我感到困擾。

相關單字

妨害(ぼうがい) bo.u.ga.i. 妨礙

知らせる

shi.ra.se.ru.

通知、告知

例句

試合の結果を知らせる。

shi.a.i.no.ke.kka.o.shi.ra.se.ru.

告知比賽的結果。

会議の時間を知らせてください。

ka.i.gi.no.ji.ka.n.o.shi.ra.se.te.ku.da.sa.i.

請告知會議的時間。

このニュースはもう彼に知らせた。

ko.no.nyu.u.su.wa.mo.u.ka.re.ni.shi.ra.se.ta.

這個消息已經告知他了。

新しい内容を知らせる。

a.ta.ra.shi.i.na.i.yo.u.o.shi.ra.se.ru.

告知新的內容。

相關單字

通知　tsu.u.chi.　通知

知らせ　shi.ra.se.　信息、通知

知る

shi.ru.

知道、認識

例句

このレポートの内容を知っている？

ko.no.re.po.o.to.no.na.i.yo.u.o.shi.tte.i.ru.

知道這個報告的內容嗎？

この事件の原因を知らない。

ko.no.ji.ke.n.no.ge.n.i.n.o.shi.ra.na.i.

不知道這件事的原因。

私はあの人を知っている。

wa.ta.shi.wa.a.no.hi.to.o.shi.tte.i.ru.

我認識那個人。

知らない人が手伝ってくれた。

shi.ra.na.i.hi.to.ga.te.tsu.da.tte.ku.re.ta.

不認識的人幫了我忙。

相關單字

分かる　wa.ka.ru.　知道、理解

写真（しゃしん）

sha.shi.n.

照片、照相

例句

みんなで一緒（いっしょ）に写真（しゃしん）を取（と）ろう。

mi.n.na.de.i.ssho.ni.sha.shi.n.o.to.u.ro.

大家一起拍張照吧。

これは昔（むかし）の写真（しゃしん）です。

ko.re.wa.mu.ka.shi.no.sha.shi.n.de.su.

這是以前的照片。

高校時代（こうこうじだい）の写真（しゃしん）を見（み）つけた。

ko.u.ko.u.ji.da.i.no.sha.shi.n.o.mi.tsu.ke.ta.

找到了高中時代的照片。

今写真（いましゃしん）を見（み）ています。

i.ma.sha.shi.n.o.mi.te.i.ma.su.

現在正在看照片。

相關單字

撮影（さつえい） sa.tsu.e.i. 攝影、拍照

ずいぶん

zu.i.bu.n.

相當、很、不像話

例句

ずいぶん前(まえ)のことだ。

zu.i.bu.n.ma.e.no.ko.to.da.

很久之前的事。

ずいぶん難(むずか)しい質問(しつもん)をされた。

zu.i.bu.n.mu.zu.ka.shi.i.shi.tsu.mo.n.o.sa.re.ta.

被問了很難的問題。

ずいぶんな言(い)い方(かた)だ。

zu.i.bu.n.na.i.i.ka.ta.da.

太不像話了。

ずいぶんな人(ひと)だ。

zu.i.bu.n.na.hi.to.da.

不像話的人。

相關單字

かなり ka.na.ri. 頗、相當

相当(そうとう) so.u.to.u. 相當

好き

su.ki.

喜歡、隨便

例句

好きな人がいる。

su.ki.na.hi.to.ga.i.ru.

有喜歡的人。

このカバンが好きだ。

ko.no.ka.ba.n.ga.su.ki.da.

喜歡這個包包。

好きにしなさい。

su.ki.ni.shi.na.sa.i.

隨你高興去做。

彼女のことが好きだ。

ka.no.jo.no.ko.to.ga.su.ki.da.

我喜歡她。

相關單字

嫌い　ki.ra.i.　討厭
好き嫌い　su.ki.ki.ra.i.　好惡、挑剔
勝手　ka.tte.　隨便

過ぎる

su.gi.ru.

過去、經過、只不過

例句

夏が過ぎた。

na.tsu.ga.su.gi.ta.

夏天過了。

それはもう過ぎたことだ。

so.re.wa.mo.u.su.gi.ta.ko.to.da.

那已經是過去的事了。

列車は博多駅を過ぎた。

re.ssha.wa.ha.ka.ta.e.ki.o.su.gi.ta.

列車經過了博多車站。

それは言い訳に過ぎない。

so.re.wa.i.i.wa.ke.ni.su.gi.na.i.

那只不過是個藉口罷了。

相關單字

たつ　ta.tsu.　（時間的）經過

経る　he.ru.　經過

少し

su.ko.shi.

一些、稍稍

例句

今日は少し暑い。

kyo.u.wa.su.ko.shi.a.tsu.i.

今天有一點熱。

少し疲れた。

su.ko.shi.tsu.ka.re.ta.

有一點累了。

この質問は少し難しい。

ko.no.shi.tsu.mo.n.wa.su.ko.shi.mu.zu.ka.shi.i.

這個問題有一點難。

もう少し時間をください。

mo.u.su.ko.shi.ji.ka.n.o.ku.da.sa.i.

請給我一點時間。

相關單字

ちょっと　cho.tto.　稍微

非常に　hi.jo.u.ni.　非常

進む（すすむ）

su.su.mu.

前進、進展

例句

前（まえ）に進（すす）む。

ma.e.ni.su.su.mu.

往前前進。

次（つぎ）の問題（もんだい）に進（すす）んでください。

tsu.gi.no.mo.n.da.i.ni.su.su.n.de.ku.da.sa.i.

請往下一個問題作答。

技術（ぎじゅつ）が進（すす）む。

gi.ju.tsu.ga.su.su.mu.

技術進步。

計画（けいかく）があまり進（すす）まない。

ke.i.ka.ku.ga.a.ma.ri.su.su.ma.na.i.

計畫沒有甚麼進展。

相關單字

下（さ）がる　sa.ga.ru.　下降、退步
遅（おく）れる　o.ku.re.ru.　遲、落後

捨(す)てる

su.te.ru.

丟、遺棄

例句

ゴミを捨(す)てる。

go.mi.o.su.te.ru.

丟掉垃圾。

いらないものを捨(す)ててください。

i.ra.na.i.mo.no.o.su.te.te.ku.da.sa.i.

請把不要的東西丟掉。

着(き)られない服(ふく)を捨(す)てた。

ki.ra.re.na.i.fu.ku.o.su.te.ta.

丟掉穿不下的衣服。

妻(つま)を捨(す)てる。

tsu.ma.o.su.te.ru.

拋棄妻子。

相關單字

拾(ひろ)う　hi.ro.u.　撿拾

住む

su.mu.

住

例句

私は大阪に住んでいる。

wa.ta.shi.wa.o.o.sa.ka.ni.su.n.de.i.ru.

我住在大阪。

今はどこに住んでいますか？

i.ma.wa.do.ko.ni.su.n.de.i.ma.su.ka.

現在住在哪裡？

アメリカに住んでいたことがある。

a.me.ri.ka.ni.su.n.da.i.ta.ko.to.ga.a.ru.

有在美國住過。

イギリスに住みたい。

i.gi.ri.su.ni.su.mi.ta.i.

想住在英國。

相關單字

泊まる　to.ma.ru.　投宿

精一杯

せいいっぱい

se.i.i.ppa.i.

竭盡全力

例句

精一杯努力する。

せいいっぱいどりょく

se.i.i.ppa.i.do.ryo.ku.su.ru.

盡最大的努力。

できる事を精一杯やろう。

こと　せいいっぱい

de.ki.ru.ko.to.o.se.i.i.ppa.i.ya.ro.u.

盡力去做能做的事吧。

今日も精一杯頑張った。

きょう　せいいっぱいがんば

kyo.u.mo.se.i.i.ppa.i.ga.n.ba.tta.

今天也用盡了全力。

毎日精一杯働いている。

まいにちせいいっぱいはたら

ma.i.ni.chi.se.i.i.ppa.i.ha.ta.ra.i.te.i.ru.

每天盡全力地工作著。

相關單字

一生懸命（いっしょうけんめい）　i.ssho.u.ke.n.me.i.　拼命地

せっかく

se.kka.ku.

特意、好不容易

例句

せっかく会えるから、一緒にご飯を食べよう。

se.kka.ku.a.e.ru.ka.ra./i.ssho.ni.go.ha.n.o.ta.be.yo.u.

因為難得見面所以一起去吃飯吧。

せっかく遊びに行ったのに雨でつぶれた。

se.kka.ku.a.so.bi.ni.i.tta.no.ni.a.me.de.tsu.bu.re.ta.

難得去玩但是全被雨天給搞砸了。

せっかくですが、お断りします。

se.kka.ku.de.su.ga./o.ko.to.wa.ri.shi.ma.su.

感謝你的好意，但是我不能接受。

相關單字

わざわざ wa.za.wa.za. 特意

絶対（ぜったい）

ze.tta.i.

絕對、一定

例句

絶対勝つ。（ぜったいかつ）

ze.tta.i.ka.tsu.

絕對會贏。

絶対連絡する。（ぜったいれんらく）

ze.tta.i.re.n.ra.ku.su.ru.

一定會連絡。

明日絶対来てね。（あしたぜったいき）

a.shi.ta.ze.tta.i.ki.te.ne.

明天一定要來喔。

絶対の権力。（ぜったいけんりょく）

ze.tta.i.no.ke.n.ryo.ku.

絕對的權力。

相關單字

決して（けっ） ke.sshi.te. 絕對（不）

狭(せま)い

se.ma.i.

狭小的

例句

私(わたし)の部屋(へや)は狭(せま)い。

wa.ta.shi.no.he.ya.wa.se.ma.i.

我的房間很狹小。

心(こころ)が狭(せま)い人(ひと)だ。

ko.ko.ro.ga.se.ma.i.hi.to.da.

心胸狹隘的人。

世間(せけん)は狭(せま)い。

se.ke.n.wa.se.ma.i.

世界真小。

視野(しや)が狭(せま)い人(ひと)だ。

shi.ya.ga.se.ma.i.hi.to.da.

見識短淺的人。

相關單字

広(ひろ)い　hi.ro.i.　寬廣的

せめて

se.me.te.

起碼、至少

例句

どんなに忙(いそが)しくても、せめて週(しゅう)に一回(いっかい)連絡(れんらく)してください。

do.n.na.ni.i.so.ga.shi.ku.te.mo./se.me.te.shu.u.ni.i.kka.i.re.n.ra.ku.shi.te.ku.da.sa.i.

再怎麼忙一週也請聯絡一次。

せめて半分(はんぶん)くらいは完成(かんせい)させてください。

se.me.te.ha.n.bu.n.ku.ra.i.wa.ka.n.se.i.sa.se.te.ku.da.sa.i.

起碼也請完成一半。

せめて一時間(いちじかん)だけでもいいから、もう少(すこ)し時間(じかん)がほしいんだ。

se.me.te.i.chi.ji.ka.n.da.ke.de.mo.i.i.ka.ra./mo.u.su.ko.shi.ji.ka.n.ga.ho.shi.i.n.da.

至少一小時也好，真想要能有多一點的時間。

相關單字

少(すく)なくとも　su.ku.na.ku.to.mo.　至少

世話（せわ）

se.wa.

照顧、幫助

さ段 し段 す段 せ段 そ段

例句

母（はは）は毎日（まいにち）犬（いぬ）の世話（せわ）をする。

ha.ha.wa.ma.i.ni.chi.i.nu.no.se.wa.o.su.ru.

媽媽每天照料小狗。

お世話（せわ）になりました。

o.se.wa.ni.na.ri.ma.shi.ta.

受到關照了。

先輩（せんぱい）のお世話（せわ）のおかげで会社（かいしゃ）に就職（しゅうしょく）できた。

se.n.pa.i.no.o.se.wa.no.o.ka.ge.de.ka.i.sha.ni.shu.u.sho.ku.de.ki.ta.

託前輩幫忙的福而進了公司。

風邪（かぜ）を引（ひ）いた友達（ともだち）の世話（せわ）をする。

ka.ze.o.hi.i.ta.to.mo.da.chi.no.se.wa.o.su.ru.

照顧感冒的朋友。

相關單字

紹介（しょうかい） sho.u.ka.i. 介紹

せんぱい
先輩

se.n.pa.i.

前輩、學長姐

例句

彼は私の大学の先輩だ。

ka.re.wa.wa.ta.shi.no.da.i.ga.ku.no.se.n.pa.i.da.

他是我大學的學長。

仕事で先輩が手伝ってくれた。

shi.go.to.de.se.n.pa.i.ga.te.tsu.da.tte.ku.re.ta.

工作的時候前輩幫了我忙。

このバイトは先輩が紹介してくれた。

ko.no.ba.i.to.wa.se.n.pa.i.ga.sho.u.ka.i.shi.te.ku.re.ta.

這份打工是學長介紹給我的。

サークルの先輩に叱られた。

sa.a.ku.ru.no.se.n.pa.i.ni.shi.ka.ra.re.ta.

被社團的學長罵了。

相關單字

同輩　do.u.ha.i.　同輩、同學、同事

後輩　ko.u.ha.i.　後輩、學弟妹

相談(そうだん)

so.u.da.n.

商量、諮詢

例句

先輩(せんぱい)と相談(そうだん)する。

se.n.pa.i.to.so.u.da.n.su.ru.

和前輩商量。

父(ちち)と相談(そうだん)して決(き)める。

chi.chi.to.so.u.da.n.shi.te.ki.me.ru.

和爸爸商量後再決定。

ちょっと相談(そうだん)したいことがある。

cho.tto.so.u.da.n.shi.ta.i.ko.to.ga.a.ru.

有稍微想商量的事情。

もう先生(せんせい)と相談(そうだん)した。

mo.u.se.n.se.i.to.so.u.da.n.shi.ta.

已經和老師商量好了。

相關單字

打(う)ち合(あ)わせ　u.chi.a.wa.se.　商量

外（そと）

so.to.

外面、表面

例句

そとで遊（あそ）ぼう。

so.to.de.a.so.bo.u.

去外面玩吧。

今日（きょう）の晩御飯（ばんごはん）はそとで食（た）べました。

kyo.u.no.ba.n.go.ha.n.wa.so.to.de.ta.be.ma.shi.ta.

今天晚餐在外面吃了。

私（わたし）はあまり自分（じぶん）の感情（かんじょう）をそとに表（あらわ）さない。

wa.ta.shi.wa.a.ma.ri.ji.bu.n.no.ka.n.jo.u.o.so.to.ni.

a.ra.wa.sa.na.i.

我不太會把自己的感情顯現於外。

相關單字

内（うち）　u.chi.　裡面、內

中（なか）　na.ka.　裡面、中間

Track 057

そのまま

so.no.ma.ma.

原封不動、就那樣

例句

聞(き)いたことをそのまま書(か)く。

ki.i.ta.ko.to.o.so.no.ma.ma.ka.ku.

將聽到的事情原封不動地寫下。

シャワーも浴(あ)びずにそのまま家(いえ)を出(で)た。

sha.wa.a.mo.a.bi.zu.ni.so.no.ma.ma.i.e.o.de.ta.

沒有洗澡就那樣出門了。

煮(に)なくてもそのまま食(た)べられる。

ni.na.ku.te.mo.so.no.ma.ma.ta.be.ra.re.ru.

不用煮那樣就可以吃。

この資料(しりょう)をそのまま置(お)いておけばいいです。

ko.no.shi.ryo.u.o.so.no.ma.ma.o.i.te.o.ke.ba.i.i.de.su.

這份資料就這樣放這就可以了。

相關單字

其(そ)の通(とお)り　so.no.to.o.ri.　正是那樣

そば

so.ba.

旁邊、剛～就～

例句

彼（かれ）は私（わたし）のそばに立（た）っている。

ka.re.wa.wa.ta.shi.no.so.ba.ni.ta.tte.i.ru.

他站在我的旁邊。

学校（がっこう）のそばには本屋（ほんや）さんがある。

ga.kko.u.no.so.ba.ni.wa.ho.n.ya.sa.n.ga.a.ru.

學校的旁邊有書店。

そばから口（くち）を出（だ）す。

so.ba.ka.ra.ku.chi.o.da.su.

從旁插嘴。

服（ふく）を洗（あら）うそばから汚（よご）されてしまった。

fu.ku.o.a.ra.u.so.ba.ka.ra.yo.go.sa.re.te.shi.ma.tta.

剛洗好的衣服又被弄髒了。

相關單字

隣（となり） to.na.ri. 旁邊、鄰居

空

そら

so.ra.

天空、天氣

さ段 し段 す段 せ段 そ段

例句

今日の空は綺麗だ。

kyo.u.no.so.ra.wa.ki.re.i.da.

今天的天空很漂亮。

空模様があやしくなってきた。

so.ra.mo.yo.u.ga.a.ya.shi.ku.na.tte.ki.ta.

要變天了。

空が暗くなってきた。

so.ra.ga.ku.ra.ku.na.tte.ki.ta.

天色變暗了。

空を飛んでいる鳥。

so.ra.o.to.n.de.i.ru.to.ri.

在天空飛翔的鳥。

相關單字

雲（くも） ku.mo. 雲

雨（あめ） a.me. 雨

そろ
揃う

so.ro.u.

齊全、備齊、一致

例句

ぜんいんそろ
全員揃った。

ze.n.i.n.so.ro.tta.

全員到齊。

ざいりょう　そろ
材料は揃った。

za.i.ryo.u.wa.so.ro.tta.

材料備齊了。

みせ　なん　そろ
あの店は何でも揃っている。

a.no.mi.se.wa.na.n.de.mo.so.ro.tte.i.ru.

那家店甚麼都有賣。

あしな　そろ
足並みが揃う。

a.shi.na.mi.ga.so.ro.u.

步調一致。

相關單字

あつ
集まる　a.tsu.ma.ru.　匯集、集合

そろそろ

so.ro.so.ro.

慢慢、漸漸、該要

例句

庭をそろそろと歩いている。

ni.wa.o.so.ro.so.ro.to.a.ru.i.te.i.ru.

在庭院慢慢地走著。

そろそろ寒くなってきた。

so.ro.so.ro.sa.mu.ku.na.tte.ki.ta.

漸漸變冷了起來。

そろそろ帰りましょう。

so.ro.so.ro.ka.e.ri.ma.sho.u.

差不多該回去吧。

そろそろ寝ようか。

so.ro.so.ro.ne.yo.u.ka.

差不多該睡了。

相關單字

だんだん　da.n.da.n.　漸漸地

ゆっくり　yu.kku.ri.　慢慢地

日本人最常用的
五十音單字

たいいん 退院

ta.i.i.n.

出院

例句

わたし らいげつたいいん
私は来月退院する。

wa.ta.shi.wa.ra.i.ge.tsu.ta.i.i.n.su.ru.

我下個月出院。

かれ たいいん
彼はもう退院した。

ka.re.wa.mo.u.ta.i.i.n.shi.ta.

他已經出院了。

たいいん
いつ退院しますか？

i.tsu.ta.i.i.n.shi.ma.su.ka.

甚麼時候出院？

たいいん
いつ退院できますか？

i.tsu.ta.i.i.n.de.ki.ma.su.ka.

甚麼時候可以出院？

相關單字

にゅういん 入院	nyu.u.i.n.	住院
しゅじゅつ 手術	shu.ju.tsu.	手術

退屈（たいくつ）

ta.i.ku.tsu.

無聊的

例句

毎日（まいにち）同（おな）じ仕事（しごと）をするのが退屈（たいくつ）だ。

ma.i.ni.chi.o.na.ji.shi.go.to.o.su.ru.no.ga.ta.i.ku.tsu.da.

每天都做一樣的工作很無聊。

この小説（しょうせつ）は退屈（たいくつ）だ。

ko.no.sho.u.se.tsu.wa.ta.i.ku.tsu.da.

這本小說很無聊。

このゲームはとても退屈（たいくつ）だ。

ko.no.ge.e.mu.wa.to.te.mo.ta.i.ku.tsu.da.

這個遊戲非常無聊。

退屈（たいくつ）な生活（せいかつ）だ。

ta.i.ku.tsu.na.se.i.ka.tsu.da.

無趣的生活。

相關單字

つまらない　tsu.ma.ra.na.i.　無聊的

面白（おもしろ）い　o.mo.shi.ro.i.　有趣的

たか
高い

ka.ta.i.

高、崇高、貴

例句

ふく　たか
この服はとても高い。

ko.no.fu.ku.wa.to.te.mo.ta.ka.i.

這件衣服很貴。

かのじょ　めいせい　たか
彼女の名声が高い。

ka.no.jo.no.me.i.se.i.ga.ta.ka.i.

她的聲望崇高。

かれ　りそう　たか　ひと
彼は理想が高い人だ。

ka.re.wa.ri.so.u.ga.ta.ka.i.hi.to.da.

他是個理想崇高的人。

かのじょ　わたし　せ　たか
彼女は私より背が高い。

ka.no.jo.wa.wa.ta.shi.yo.ri.se.ga.ta.ka.i.

她的身高比我高。

相關單字

ひく
低い　hi.ku.i.　低的

やす
安い　ya.su.i.　便宜的

ただ

ta.da.

唯、只、僅

例句

嫌(きら)いじゃないけど、ただあまり食欲(しょくよく)がない。

ki.ra.i.ja.na.i.ke.do./ta.da.a.ma.ri.sho.ku.yo.ku.ga.na.i.

不是討厭只是沒有甚麼食慾。

彼(かれ)は何(なに)も言(い)わずに、ただ微笑(ほほえ)んだ。

ka.re.wa.na.ni.mo.i.wa.zu.ni./ta.da.ho.ho.e.n.da.

他甚麼都沒説只是微笑著。

ただ彼(かれ)と一回会(いっかいあ)っただけで、彼(かれ)のことが好(す)きになった。

ta.da.ka.re.to.i.kka.i.a.tta.da.ke.de./ka.re.no.ko.to.ga.su.ki.ni.na.tta.

只是和他見過一次，就喜歡上他了。

相關單字

だけ　da.ke.　僅

立つ

ta.tsu.

站、顯著、出現

例句

先生はあそこに立っている。

se.n.se.i.wa.a.so.ko.ni.ta.tte.i.ru.

老師正站在那邊。

ちょっとそこに立ってください。

cho.tto.so.ko.ni.ta.tte.ku.da.sa.i.

請在那邊站一下。

今日はずっと立っていて足が疲れた。

kyo.u.wa.zu.tto.ta.tte.i.te.a.shi.ga.tsu.ka.re.ta.

今天一直站著所以腳很累。

彼についての噂が立っている。

ka.re.ni.tsu.i.te.no.u.wa.sa.ga.ta.tte.i.ru.

流傳著關於他的八卦。

相關單字

座る su.wa.ru. 座

横になる yo.ko.ni.na.ru. 躺

多分

ta.bu.n.

大概、恐怕

例句

彼女は多分来ないと思う。

ka.no.jo.wa.ta.bu.n.ko.na.i.to.o.mo.u.

我覺得她明天大概不會來。

彼は多分まだ独身だ。

ka.re.wa.ta.bu.n.ma.da.do.ku.shi.n.da.

他大概還是單身。

このような映画は多分面白くないでしょう。

ko.no.yo.u.na.e.i.ga.wa.ta.bu.n.o.mo.shi.ro.ku.na.i.de.sho.u.

像這樣的電影大概不有趣吧。

明日は多分雨が降るだろう。

a.shi.ta.wa.ta.bu.n.a.me.ga.fu.ru.da.ro.u.

明天恐怕會下雨吧。

相關單字

恐らく　o.so.ra.ku.　恐怕

たま

ta.ma.

偶爾、難得

例句

あまり旅行に行かないけど、たまには海外旅行に行くのもいい。

a.ma.ri.ryo.ko.u.ni.i.ka.na.i.ke.do./ta.ma.ni.wa.ka.i.ga.i.ryo.ko.u.ni.i.ku.no.mo.i.i.

雖然不太常旅行，但偶爾去國外旅行也不錯。

この店はたまにしか来ない。

ko.no.mi.se.wa.ta.ma.ni.shi.ka.ko.na.i.

這家店偶爾才會來。

これはたまにしかない機会。

ko.re.wa.ta.ma.ni.shi.ka.na.i.ki.ka.i.

這是難得的機會。

相關單字

時々 to.ki.do.ki. 時常、有時

小さい

chi.i.sa.i.

小、細小

例句

この袋はちょっと小さい。

ko.no.fu.ku.ro.wa.cho.tto.chi.i.sa.i.

這個袋子有點小。

この服は私にはちょっと小さい。

ko.no.fu.ku.wa.wa.ta.shi.ni.wa.cho.tto.chi.i.sa.i.

這件衣服對我來說有點小。

うちの庭は小さい。

u.chi.no.ni.wa.wa.chi.i.sa.i.

我們家的庭院很小。

彼は心が小さい人だ。

ka.re.wa.ko.ko.ro.ga.chi.i.sa.i.hi.to.da.

他是個心胸狹小的人。

相關單字

大きい o.o.ki.i. 大

でかい de.ka.i. 大

ちが
違う

chi.ga.u.

不同、錯誤

例句

かのじょ わたし いけん ちが
彼女と私の意見は違う。

ka.no.jo.to.wa.ta.shi.no.i.ke.n.wa.chi.ga.u.

她的意見和我不同。

よそう ちが けっか で
予想と違う結果が出た。

yo.so.u.to.chi.ga.u.ke.kka.ga.de.ta.

出了和預想不同的結果。

こた ちが なお
この答えが違っているから直してください。

ko.no.ko.ta.e.ga.chi.ga.tte.i.ru.ka.ra.na.o.shi.te.ku.da.sa.i.

這個答案是錯的所以請更正。

ともだち ちが みち えら
友達と違う道を選んだ。

to.mo.da.chi.to.chi.ga.u.mi.chi.o.e.ra.n.da.

選了和朋友不一樣的路。

相關單字

おな
同じ　o.na.ji.　相同

こと
異なる　ko.to.na.ru.　不同

近く

chi.ka.ku.

附近、不久、將近

例句

この近くにはコンビニがある。

ko.no.chi.ka.ku.ni.wa.ko.n.bi.ni.ga.a.ru.

這附近有便利商店。

一万円近くのカバンを買った。

i.chi.ma.n.e.n.chi.ka.ku.no.ka.ba.n.o.ka.tta.

買了將近一萬日圓的包包。

この研究は近く完成できる。

ko.no.ke.n.kyu.u.wa.chi.ka.ku.ka.n.se.i.de.ki.ru.

這個研究不久就可以完成。

この近くにはいい店があるの？

ko.no.chi.ka.ku.ni.wa.i.i.mi.se.ga.a.ru.no.

這附近有不錯的店嗎？

相關單字

遠く　to.o.ku.　遠

暫く　shi.ba.ra.ku.　暫時、好一會兒

ちゃんと

cha.n.to.

好好地、端端正正的

例句

ちゃんと勉強(べんきょう)してください。

cha.n.to.be.n.kyo.u.shi.te.ku.da.sa.i.

請好好地用功念書。

やることをちゃんとやっている。

ya.ru.ko.to.o.cha.n.to.ya.tte.i.ru.

把該做的事情好好地做。

仕事(しごと)をちゃんとする。

shi.go.to.o.cha.n.to.su.ru.

踏實地工作。

自分(じぶん)の部屋(へや)をちゃんと片付(かたづ)けた。

ji.bu.n.no.he.ya.o.cha.n.to.ka.ta.zu.ke.ta.

把自己的房間整理得整整齊齊。

相關單字

きちんと　ki.chi.n.to.　好好地

ちょくせつ

直接

cho.ku.se.tsu.

直接

例句

直接彼に言ったほうがいいよ。

cho.ku.se.tsu.ka.re.ni.i.tta.ho.u.ga.i.i.yo.

直接跟他説比較好喔。

直接彼女に聞いたら？

cho.ku.se.tsu.ka.no.jo.ni.ki.i.ta.ra.

直接問她的話呢？

私は家に帰らず直接行く。

wa.ta.shi.wa.i.e.ni.ka.e.ra.zu.cho.ku.se.tsu.i.ku.

我不回家要直接去。

直接電話してみる。

cho.ku.se.tsu.de.n.wa.shi.te.mi.ru.

直接打電話看看。

相關單字

間接	ka.n.se.tsu.	間接
婉曲	e.n.kyo.ku.	委婉

ちょうど

cho.u.do.

正好、恰好、好像

例句

今(いま)はちょうど午後四時(ごごよじ)だ。

i.ma.wa.cho.u.do.go.go.yo.ji.da.

現在正好下午四點。

ちょうど電車(でんしゃ)に間(ま)に合(あ)った。

cho.u.do.de.n.sha.ni.ma.ni.a.tta.

剛好趕上電車。

この服(ふく)は私(わたし)にちょうどいい。

ko.no.fu.ku.wa.wa.ta.shi.ni.cho.u.do.i.i.

這件衣服對我來說剛剛好。

相關單字

きっちり　ki.cchi.ri.　正好

まるで　ma.ru.de.　好像

ちょっと

cho.tto.

稍微、有點

例句

この問題（もんだい）はちょっと難（むずか）しい。

ko.no.mo.n.da.i.wa.cho.tto.mu.zu.ka.shi.i.

這個問題有點難。

ここから学校（がっこう）までちょっと時間（じかん）がかかる。

ko.ko.ka.ra.ga.kko.u.ma.de.cho.tto.ji.ka.n.ga.ka.ka.ru.

從這裡道學校稍微要花點時間。

ちょっと待（ま）ってください。

cho.tto.ma.tte.ku.da.sa.i.

請稍等一下。

この問題（もんだい）についてちょっと調（しら）べる。

ko.no.mo.n.da.i.ni.tsu.i.te.cho.tto.shi.ra.be.ru.

關於這個問題我稍微調查一下。

相關單字

少（すこ）し su.ko.shi. 有點

使う

tsu.ka.u.

使用

例句

材料を使う。

za.i.ryo.u.o.tsu.ka.u.

使用材料。

この資料を使ってレポートを書いた。

ko.no.shi:ryo.u.o.tsu.ka.tte.re.po.o.to.o.ka.i.ta.

使用了這個資料來寫報告。

頭を使って考えてください。

a.ta.ma.o.tsu.ka.tte.ka.n.ga.e.te.ku.da.sa.i.

請動腦想想看。

はさみを使わないで紙を切る。

ha.sa.mi.o.tsu.ka.wa.na.i.de.ka.mi.o.ki.ru.

不用剪刀把紙裁開。

相關單字

操る　a.ya.tsu.ru.　操縱、掌握

つか
疲れる

tsu.ka.re.ru.

疲勞

例句

まいにちざんぎょう　ほんとう　つか
毎日残業して本当に疲れた。

ma.i.ni.chi.za.n.gyo.u.shi.te.ho.n.to.u.ni.tsu.ka.re.ta.

每天加班真的很累。

いちにちじゅうある　つか
一日中歩いていたから疲れた。

i.chi.ni.chi.ju.u.a.ru.i.te.i.ta.ka.ra.tsu.ka.re.ta.

走了一天的路所以累了。

かれ　つか　やす　はたら
彼は疲れても休まないで働いている。

ka.re.wa.tsu.ka.re.te.mo.ya.su.ma.na.i.de.ha.ta.ra.i.te.i.ru.

他即使累也不休息一直在工作。

わたし　つか
私はまだ疲れていない。

wa.ta.shi.wa.ma.da.tsu.ka.re.te.i.na.i.

我還不累。

相關單字

くたびれる　ku.ta.bi.re.ru.　疲累、厭煩

次

つぎ

tsu.gi.

下一個、其次、次等

例句

次の方はどなたですか？

tsu.gi.no.ka.ta.wa.do.na.ta.de.su.ka.

下一位是誰呢？

次はどこへ行く？

tsu.gi.wa.do.ko.e.i.ku.

接下來要去哪裡？

また次の木曜日に会おう。

ma.ta.tsu.gi.no.mo.ku.yo.u.bi.ni.a.o.u.

我們下個周四見。

クラスで一番成績がいい人は彼で、次は私だ。

ku.ra.su.de.i.chi.ba.n.se.i.se.ki.ga.i.i.hi.to.wa.ka.re.de./tsu.gi.wa.wa.ta.shi.da.

在班上成績最好的是他，接下來是我。

相關單字

前　ma.e.　前面、之前

作る

tsu.ku.ru.

做、作、創造

例句

このカバンは私が作った。

ko.no.ka.ba.n.wa.wa.ta.shi.ga.tsu.ku.tta.

這個包包是我做的。

これは先輩が作った料理だ。

ko.re.wa.se.n.pa.i.ga.tsu.ku.tta.ryo.u.ri.da.

這是前輩做的料理。

会社を作る。

ka.i.sha.o.tsu.ku.ru.

創立公司。

友達を作る。

to.mo.da.chi.o.tsu.ku.ru.

交朋友。

相關單字

拵える　ko.shi.ra.e.ru.　做、製造

伝(つた)える

tsu.ta.e.ru.

傳達、傳授

例句

このニュースを彼(かれ)に伝(つた)えてください。

ko.no.nyu.u.su.o.ka.re.ni.tsu.ta.e.te.ku.da.sa.i.

請把這個消息傳達給他。

先生(せんせい)に伝(つた)える。

se.n.se.i.ni.tsu.ta.e.ru.

傳達給老師。

技術(ぎじゅつ)を後輩(こうはい)に伝(つた)える。

gi.ju.tsu.o.ko.u.ha.i.ni.tsu.ta.e.ru.

把技術傳授給後輩。

ご両親(りょうしん)によろしくお伝(つた)えください。

go.ryo.u.shi.n.ni.yo.ro.shi.ku.o.tsu.ta.e.ku.da.sa.i.

請代我向您雙親問好。

相關單字

伝達(でんたつ)　de.n.ta.tsu.　傳達、轉達

知(し)らせる　shi.ra.se.ru.　告知

続く

tsu.zu.ku.

繼續、連續、接著

例句

試合は午後まで続いた。

shi.a.i.wa.go.go.ma.de.tsu.zu.i.ta.

比賽持續到下午。

この雨は三日間も続いた。

ko.no.a.me.wa.mi.kka.ka.n.mo.tsu.zu.i.ta.

這與連續下了三天。

幸運が続く。

ko.u.u.n.ga.tsu.zu.ku.

幸運接二連三。

研究についての話題が続く。

ke.n.kyu.u.ni.tsu.i.te.no.wa.da.i.ga.tsu.zu.ku.

繼續關於研究的話題。

相關單字

連続　re.n.zo.ku.　連續

つよ
強い

tsu.yo.i.

強的、強壯的

例句

きょう　かぜ　つよ
今日は風が強い。
kyo.u.wa.ka.ze.ga.tsu.yo.i.
今天的風很強。

つよ
あのチームは強い。
a.no.chi.i.mu.wa.tsu.yo.i.
那個隊伍很強。

かのじょ　つよ　たいど　ことわ
彼女は強い態度で断った。
ka.no.jo.wa.tsu.yo.i.ta.i.do.de.ko.to.wa.tta.
她以強硬的態度拒絕了。

かれ　せきにんかん　つよ　ひと
彼は責任感が強い人だ。
ka.re.wa.se.ki.ni.n.ka.n.ga.tsu.yo.i.hi.to.da.
他是個責任感很強的人。

相關單字

よわ
弱い　yo.wa.i.　弱的

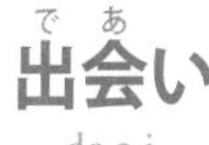

出会い

de.a.i.

相遇、碰上、邂逅

例句

彼との出会いは一ヶ月前のパーティーだった。

ka.re.to.no.de.a.i.wa.i.kka.ge.tsu.ma.e.no.pa.a.ti.i.da.tta.

和他相遇是在一個月前的派對上。

ここは私たちの出会いの場所だ。

ko.ko.wa.wa.ta.shi.ta.chi.no.de.a.i.no.ba.sho.da.

這裡是我們邂逅的地方。

人は人との出会いで成長する。

hi.to.wa.hi.to.to.no.de.a.i.de.se.i.cho.u.su.ru.

人透過和人的相遇而成長。

最近は素敵な出会いがあった。

sa.i.ki.n.wa.su.te.ki.na.de.a.i.ga.a.tta.

最近有很棒的邂逅。

相關單字

巡り合い　me.gu.ri.a.i.　巧遇、邂逅

手遅れ(ておくれ)

te.o.ku.re.

耽誤、耽擱

例句

今(いま)さら後悔(こうかい)しても手遅(ておく)れだ。

i.ma.sa.ra.ko.u.ka.i.shi.te.mo.te.o.ku.re.da.

現在才後悔已經來不及了。

気(き)づいた時(とき)にはもう手遅(ておく)れだ。

ki.zu.i.ta.to.ki.ni.wa.mo.u.te.o.ku.re.da.

當注意到的時候已經來不及了。

手遅(ておく)れになる前(まえ)に解決方法(かいけつほうほう)を考(かんが)える。

te.o.ku.re.ni.na.ru.ma.e.ni.ka.i.ke.tsu.ho.u.ho.u.o.

ka.n.ga.e.ru.

在為時已晚前想解決的方法。

相關單字

間(ま)に合(あ)わない　ma.ni.a.wa.a.i.　來不及

手紙（てがみ）

te.ga.mi.

信

例句

手紙（てがみ）を書（か）く。

te.ga.mi.o.ka.ku.

寫信。

手紙（てがみ）を送（おく）る。

te.ga.mi.o.o.ku.ru.

寄信。

友達（ともだち）から手紙（てがみ）が届（とど）いた。

to.mo.da.chi.ka.ra.te.ga.mi.ga.to.do.i.ta.

收到朋友寄來的信了。

彼女（かのじょ）に手紙（てがみ）を出（だ）したが返事（へんじ）はまだ来（こ）ない。

ka.no.jo.ni.te.ga.mi.o.da.shi.ta.ga.he.n.ji.wa.ma.da.ko.na.i.

寄了信給她但是還沒有收到回信。

相關單字

はがき　ha.ga.ki.　明信片

切手（きって）　ki.tte.　郵票

適当（てきとう）

te.ki.to.u.

適當、隨意

例句

仕事（しごと）を適当（てきとう）に処理（しょり）する。

shi.go.to.o.te.ki.to.u.ni.sho.ri.su.ru.

適當地處理工作。

適当（てきとう）な場所（ばしょ）を探（さが）す。

te.ki.to.u.na.ba.sho.o.sa.ga.su.

找適當的場所。

適当（てきとう）にやりなさい。

te.ki.to.u.ni.ya.ri.na.sa.i.

請隨意去做。

この質問（しつもん）について、彼（かれ）は適当（てきとう）にごまかした。

ko.no.shi.tsu.mo.n.ni.tsu.i.te./ka.re.wa.te.ki.to.u.ni.go.ma.ka.shi.ta.

針對這個質問，他隨便敷衍過去了。

相關單字

適切（てきせつ） te.ki.se.tsu. 適當、恰當

できる

de.ki.ru.

完成、能、會

例句

けんきゅう
研究のレポートができた。

ke.n.kyu.u.no.re.po.o.to.ga.de.ki.ta.

這個研究的報告完成了。

どうぐ
この道具はいつできる？

ko.no.do.u.gu.wa.i.tsu.de.ki.ru.

這個道具甚麼時候可以完成？

かのじょ　ご
彼女はフランス語ができる。

ka.no.jo.wa.fu.ra.n.su.go.ga.de.ki.ru.

她會說法語。

わたし　りょうり
私は料理ができない。

wa.ta.shi.wa.ryo.u.ri.ga.de.ki.na.i.

我不會做菜。

相關單字

できあ
出来上がる　de.ki.a.ga.ru.　做好、完成

しあ
仕上がる　shi.a.ga.ru.　完成、做完

で
出る

de.ru.

出去、出席、畢業、得出

例句

で
レストランを出る。

re.su.to.ra.n.o.de.ru.

走出餐廳。

わたし はっぴょうかい で
私は発表会に出る。

wa.ta.shi.wa.ha.ppyo.u.ka.i.ni.de.ru.

我會參加發表會。

ことし ろくがつ だいがく で
今年の六月に大学を出た。

ko.to.shi.no.ro.ku.ga.tsu.ni.da.i.ga.ku.o.de.ta.

今年六月大學畢業。

けっか で
いい結果が出た。

i.i.ke.kka.ga.de.ta.

出現了好結果。

相關單字

さんか
参加 sa.n.ka. 參加

そつぎょう
卒業 so.tsu.gyo.u. 畢業

電話

de.n.wa.

電話

例句

友達に電話をかける。

to.mo.da.chi.ni.de.n.wa.o.ka.ke.ru.

打電話給朋友。

電話に出る。

de.n.wa.ni.de.ru.

接電話。

電話番号は何番ですか？

de.n.wa.ba.n.go.wa.na.n.ba.n.de.su.ka.

電話號碼是幾號？

後でまた電話する。

a.to.de.ma.ta.de.n.wa.su.ru.

等下再打一次電話。

相關單字

携帯電話　ke.i.ta.i.de.n.wa.　手機

ファックス　fa.kku.su.　傳真

トイレ

to.i.re.

廁所、化妝室

例句

トイレはどこですか？

to.i.re.wa.do.ko.de.su.ka.

廁所在哪裡？

ちょっとトイレに行（い）ってきます。

cho.tto.to.i.re.ni.i.tte.ki.ma.su.

稍微去一下洗手間。

この店（みせ）のトイレはとてもきれいだ。

ko.no.mi.se.no.to.i.re.wa.to.te.mo.ki.re.i.da.

這家店的廁所非常乾淨。

トイレを掃除（そうじ）する。

to.i.re.o.so.u.ji.su.ru.

打掃廁所。

相關單字

お手洗（てあら）い　o.te.a.ra.i.　洗手間

遠(とお)い

to.o.i.

遠的

例句

目的地(もくてきち)まではまだ遠(とお)い。

mo.ku.te.ki.chi.ma.de.wa.ma.da.to.o.i.

離目的地還很遠。

遠(とお)いところからきた。

to.o.i.to.ko.ro.ka.ra.ki.ta.

從遠方來的。

学校(がっこう)は家(いえ)から遠(とお)い。

ga.kko.u.wa.i.e.ka.ra.to.o.i.

學校離家裡很遠。

遠(とお)い昔(むかし)のことだからもう忘(わす)れた。

to.o.i.mu.ka.shi.no.ko.to.da.ka.ra.mo.u.wa.su.re.ta.

年代久遠的事情所以忘記了。

相關單字

近(ちか)い　chi.ka.i.　近的

得意

to.ku.i.

得意、自滿、拿手

例句

得意の絶頂にある。

to.ku.i.no.ze.ccho.u.ni.a.ru.

得意極了。

彼は褒められたから得意になった。

ka.re.wa.ho.me.ra.re.ta.ka.ra.to.ku.i.ni.na.tta.

他因為被稱讚所以很得意。

私は料理が得意だ。

wa.ta.shi.wa.ryo.u.ri.ga.to.ku.i.da.

我對料理很拿手。

彼は数学が得意だ。

ka.re.wa.su.u.ga.ku.ga.to.ku.i.da.

他很擅長數學。

相關單字

失意 shi.tsu.i. 失意

苦手 ni.ga.te. 不擅長

とても

to.te.mo.

非常

例句

この先生(せんせい)はとても厳(きび)しい先生(せんせい)だ。

ko.no.se.n.se.i.wa.to.te.mo.ki.bi.shi.i.se.n.se.i.da.

這位老師是非常嚴格的老師。

とても心配(しんぱい)です。

to.te.mo.shi.n.pa.i.de.su.

非常擔心。

この映画(えいが)はとても面白(おもしろ)かった。

ko.no.e.i.ga.wa.to.te.mo.o.mo.shi.ro.ka.tta.

這部電影非常有趣。

この服(ふく)はとても高(たか)い。

ko.no.fu.ku.wa.to.te.mo.ta.ka.i.

這件衣服非常貴。

相關單字

非常(ひじょう)に　hi.jo.u.ni　非常

届く

to.do.ku.

及、達到、送達

例句

郵便が届いた。

yu.u.bi.n.ga.to.do.i.ta.

郵件送到了。

気持ちが彼に届く。

ki.mo.chi.ga.ka.re.ni.to.do.ku.

傳達心意給他。

宛先不明で手紙が届かない。

a.te.sa.ki.fu.me.i.de.te.ga.mi.ga.to.do.ka.na.i.

因為收件人地址不明所以信無法送達。

彼の声はここまで届いた。

ka.re.no.ko.e.wa.ko.ko.ma.de.to.do.i.ta.

他的聲音這裡都聽得到。

相關單字

到着 to.u.cha.ku. 到達、抵達

とにかく

to.ni.ka.ku.

總之、姑且

例句

とにかく行(い)ってみよう。

to.ni.ka.ku.i.tte.mi.yo.u.

總之去看看吧。

とにかくいい結果(けっか)が出(で)るように頑張(がんば)る。

to.ni.ka.ku.i.i.ke.kka.ga.de.ru.yo.u.ni.ga.n.ba.ru.

總之努力去得到好結果。

とにかく彼(かれ)に聞(き)いてみる。

to.ni.ka.ku.ka.re.ni.ki.i.te.mi.ru.

姑且去問他看看。

とにかく家(いえ)に帰(かえ)る。

to.ni.ka.ku.i.e.ni.ka.e.ru.

總之先回家。

相關單字

とりあえず　to.ri.a.e.zu.　暫且、首先

どんどん

do.n.do.n.

順利、接連不斷

例句

研究(けんきゅう)がどんどん進(すす)んでいる。

ke.n.kyu.u.ga.do.n.do.n.su.su.n.de.i.ru.

研究順利地進展。

物価(ぶっか)がどんどん下(さ)がっている。

bu.kka.ga.do.n.do.n.sa.ga.tte.i.ru.

物價接連地下跌。

どんどん食(た)べてください。

do.n.do.n.ta.be.te.ku.da.sa.i.

請多多食用。

体重(たいじゅう)がどんどん増(ふ)えた。

ta.i.ju.u.ga.do.n.do.n.fu.e.ta.

體重不斷地增加。

相關單字

ずんずん　zu.n.zu.n.　迅速地、不懈地

だんだん　da.n.da.n.　漸漸

日本人最常用的
五十音單字

内緒(ないしょ)

na.i.sho.

秘密、瞞著

例句

このことは内緒(ないしょ)にしてください。

ko.no.ko.to.wa.na.i.sho.ni.shi.te.ku.da.sa.i.

請保密這件事情。

彼(かれ)に内緒(ないしょ)にする。

ka.re.ni.na.i.sho.ni.su.ru.

對他隱瞞。

これは内緒(ないしょ)の話(はなし)。

ko.re.wa.na.i.sho.no.ha.na.shi.

這件事是秘密。

内緒(ないしょ)にしないで教(おし)えてください。

na.i.sho.ni.shi.na.i.de.o.shi.e.te.ku.da.sa.i.

不要隱請瞞告訴我。

相關單字

秘密(ひみつ)　hi.mi.tsu.　秘密
内分(ないぶん)　na.i.bu.n.　秘密、不公開
内密(ないみつ)　na.i.mi.tsu.　秘密、私下

長い（ながい）

na.ga.i.

長的

例句

私の髪は長い。（わたし かみ なが）

wa.ta.shi.no.ka.mi.wa.na.ga.i.

我的頭髮很長。

待ち時間が長い。（ま じかん なが）

ma.chi.ji.ka.n.ga.na.ga.i.

等待的時間很長。

私は長い間彼に会っていない。（わたし なが あいだかれ あ）

wa.ta.shi.wa.na.ga.i.a.i.da.ka.re.ni.a.tte.i.na.i.

我很久沒見到他了。

長い目で見たほうがいい。（なが め み）

na.ga.i.me.de.mi.ta.ho.u.ga.i.i.

以長遠的目光來看比較好喔。

相關單字

短い（みじか） mi.ji.ka.i. 短的

仲間

na.ka.ma.

夥伴、同事

例句

彼は今日から私たちの仲間だ。

ka.re.wa.kyo.u.ka.ra.wa.ta.shi.ta.chi.no.na.ka.ma.da.

今天開始他就是我們的夥伴了。

飲み仲間。

no.mi.na.ka.ma.

酒友。

私は仲間がいない。

wa.ta.shi.wa.na.ka.ma.ga.i.na.i.

我沒有夥伴。

仲間がいなくても平気だ。

na.ka.ma.ga.i.na.ku.te.mo.he.i.ki.da.

即時沒有夥伴也沒關係。

相關單字

同志　do.u.shi.　同志

泣く

na.ku.

哭

例句

弟は泣いている。

o.to.u.to.wa.na.i.te.i.ru.

弟弟在哭。

泣かないでください。

na.ka.na.i.de.ku.da.sa.i.

請別哭。

泣いても何も変わらない。

na.i.te.mo.na.ni.mo.ka.wa.ra.na.i.

即時哭了甚麼也不會改變。

試験に失敗したから本当に泣きたい。

shi.ke.n.ni.shi.ppa.i.shi.ta.ka.ra.ho.n.to.u.ni.na.ki.

ta.i.

考試失敗了所以很想哭。

相關單字

笑う　wa.ra.u.　笑
涙　na.mi.da.　眼淚

何故（なぜ）

na.ze.

為什麼

例句

昨日（きのう）何故（なぜ）来（こ）なかったの？

ki.no.u.na.ze.ko.na.ka.tta.no.

昨天為什麼沒來呢？

何故（なぜ）怒（おこ）っているの？

na.ze.o.ko.tte.i.ru.no.

為什麼在生氣？

何故（なぜ）失敗（しっぱい）したのか？

na.ze.shi.ppa.i.shi.ta.no.ka.

為什麼失敗？

何故（なぜ）彼女（かのじょ）は泣（な）いている？

na.ze.ka.no.jo.wa.na.i.te.i.ru.

為什麼她在哭？

相關單字

どうして　do.u.shi.te.　為什麼

何（なん）で　na.n.de.　為什麼

涙

なみだ

na.mi.da.

眼淚

例句

理由もないのに涙が出る。

ri.yu.u.mo.na.i.no.ni.na.mi.da.ga.de.ru.

沒有理由卻流淚。

涙がこぼれるほど悲しいストーリーの映画を見た。

na.mi.da.ga.ko.bo.re.ru.ho.do.ka.na.shi.i.su.to.o.ri.i.no.e.i.ga.o.mi.ta.

看了催人熱淚的悲劇電影。

悲しくて涙が止まらない。

ka.na.shi.ku.re.na.mi.da.ga.to.ma.ra.na.i.

悲傷到淚流不止。

涙が溢れる。

na.mi.da.ga.a.fu.re.ru.

眼淚奪眶而出。

相關單字

泣く　na.ku.　哭

悩む

na.ya.mu.

煩惱、苦惱、憂愁

例句

英語の試験に悩む。

e.i.go.no.shi.ke.n.ni.na.ya.mu.

為英文考試而煩惱。

片思いで悩んでいる。

ka.ta.o.mo.i.de.na.ya.n.de.i.ru.

因為單戀而苦惱。

何を悩んでいるの？

na.ni.o.na.ya.n.de.i.ru.no.

在煩惱甚麼呢？

私は悩むことがある。

wa.ta.shi.wa.na.ya.mu.ko.to.ga.a.ru.

我有煩惱的事情。

相關單字

心配 shi.n.pa.i. 擔心

悩み na.ya.mi. 煩惱、苦惱

苦(にが)い

ni.ga.i.

苦的、痛苦

例句

苦瓜(にがうり)が苦(にが)すぎて食(た)べられない。

ni.ga.u.ri.ga.ni.ga.su.gi.te.ta.be.ra.re.na.i.

苦瓜太苦了吃不下去。

このお茶(ちゃ)は苦(にが)い。

ko.no.o.cha.wa.ni.ga.i.

這個茶很苦。

苦(にが)い記憶(きおく)を思(おも)い出(だ)した。

ni.ga.i.ki.o.ku.o.o.mo.i.da.shi.ta.

回想起了痛苦的記憶。

苦(にが)い経験(けいけん)をした。

ni.ga.i.ke.i.ke.n.o.shi.ta.

經歷了痛苦的經驗。

相關單字

甘(あま)い　a.ma.i.　甜的

酸(す)っぱい　su.ppa.i.　酸的

賑(にぎ)やか

ni.gi.ya.ka.

熱鬧的、繁華的

例句

この辺(あた)りはいつも賑(にぎ)やかだ。

ko.no.a.ta.ri.wa.i.tsu.mo.ni.gi.ya.ka.da.

這一帶一直都很熱鬧。

賑(にぎ)やかな町(まち)。

ni.gi.ya.ka.na.ma.chi.

熱鬧的城鎮。

妹(いもうと)がいると、家(いえ)はいつも賑(にぎ)やかだ。

i.mo.u.to.ga.i.ru.to./i.e.wa.i.tsu.mo.ni.gi.ya.ka.da.

只要有妹妹在，家裡總是很熱鬧。

今回(こんかい)のパーティーは賑(にぎ)やかだった。

ko.n.ka.i.no.pa.a.ti.i.wa.ni.gi.ya.ka.da.tta.

這次的派對很熱鬧。

相關單字

静(しず)か　shi.zu.ka.　安靜

寂(さび)しい　sa.bi.shi.i.　孤單、僻靜

にこにこ

ni.ko.ni.ko.

笑嘻嘻、笑咪咪

例句

彼女(かのじょ)はいつもにこにこしている。

ka.no.jo.wa.i.tsu.mo.ni.ko.ni.ko.shi.te.i.ru.

她總是笑咪咪的。

にこにこ笑(わら)っている。

ni.ko.ni.ko.wa.ra.tte.i.ru.

面帶微笑。

彼(かれ)はにこにこしながら聞(き)いている。

ka.re.wa.ni.ko.ni.ko.shi.na.ga.ra.ki.i.te.i.ru.

他面帶微笑邊聽著。

彼(かれ)はにこにこして私(わたし)に話(はな)しかけた。

ka.re.wa.ni.ko.ni.ko.shi.te.wa.ta.shi.ni.ha.na.shi.ka.ke.ta.

他笑咪咪地和我說話。

相關單字

にやにや　ni.ya.ni.ya.　竊笑、暗笑

荷物（にもつ）

ni.mo.tsu.

行李、貨物、累贅

例句

荷物（にもつ）を片付（かたづ）ける。

ni.mo.tsu.o.ka.ta.zu.ke.ru.

整理行李。

荷物（にもつ）が重（おも）い。

ni.mo.tsu.ga.o.mo.i.

貨物很重。

家族（かぞく）のお荷物（にもつ）になりたくない。

ka.zo.ku.no.o.ni.mo.tsu.ni.na.ri.ta.ku.na.i.

不想成為家裡的累贅。

荷物（にもつ）を送（おく）る。

ni.mo.tsu.o.o.ku.ru.

寄包裹。

相關單字

手荷物（てにもつ） te.ni.mo.tsu. 隨身行李

厄介者（やっかいもの） ya.kka.i.mo.no. 累贅、添麻煩的人

入学（にゅうがく）

nyu.u.ga.ku.

入學

例句

大学（だいがく）の入学試験（にゅうがくしけん）を受（う）ける。

da.i.ga.ku.no.nyu.u.ga.ku.shi.ke.n.o.u.ke.ru.

參加大學升學考試。

来月高校（らいげつこうこう）に入学（にゅうがく）する。

ra.i.ge.tsu.ko.u.ko.u.ni.nyu.u.ga.ku.su.ru.

下個月高中入學。

大学（だいがく）に入学（にゅうがく）したくない。

da.i.ga.ku.ni.nyu.u.ga.ku.shi.ta.ku.na.i.

不想上大學。

明日（あした）は大学（だいがく）の入学式（にゅうがくしき）だ。

a.shi.ta.wa.da.i.ga.ku.no.nyu.u.ga.ku.shi.ki.da.

明天是大學的開學典禮。

相關單字

卒業（そつぎょう）　so.tsu.gyo.u.　畢業

人間（にんげん）

ni.n.ge.n.

人、人品、世間

例句

彼（かれ）は優（やさ）しい人間（にんげん）だ。

ka.re.wa.ya.sa.shi.i.ni.n.ge.n.da.

他是個體貼的人。

立派（りっぱ）な人間（にんげん）になる。

ri.ppa.na.ni.n.ge.n.ni.na.ru.

要成為了不起的人。

人間（にんげん）がいい。

ni.n.ge.n.ga.i.i.

人品好。

人間至（にんげんいた）る所（ところ）青山（せいざん）あり。

ni.n.ge.n.i.ta.ru.to.ko.ro.se.i.za.n.a.ri.

人間到處有青山。

相關單字

人類（じんるい） ji.n.ru.i. 人類
人柄（ひとがら） hi.to.ga.ra. 人品

にがて
苦手
ni.ga.te.

不擅長

例句

わたし えいご にがて
私は英語が苦手だ。
wa.ta.shi.wa.e.i.go.ga.ni.ga.te.da.

我不擅長英文。

かれ りょうり にがて
彼は料理が苦手です。
ka.re.wa.ryo.u.ri.ga.ni.ga.te.de.su.

他不擅長做菜。

ひとまえ はな にがて ひと
人前で話すのが苦手な人。
hi.to.ma.e.de.ha.na.su.no.ga.ni.ga.te.na.hi.to.

不擅長在眾人面前說話的人。

にがて なん
苦手なものは何ですか？
ni.ga.te.na.mo.no.wa.na.n.de.su.ka.

不擅長的東西是甚麼？

相關單字

とくい
得意 to.ku.i. 擅長、得意

逃げる

ni.ge.ru.

逃離、迴避

例句

犯人は逃げました。

ha.n.ni.n.wa.ni.ge.ma.shi.ta.

犯人逃跑了。

現実から逃げる。

ge.n.ji.tsu.ka.ra.ni.ge.ru.

逃避現實。

彼は問題から逃げた。

ka.re.wa.mo.n.da.i.ka.ra.ni.ge.ta.

他迴避了問題。

勉強が大嫌いで勉強から逃げる。

be.n.kyo.u.ga.da.i.ki.ra.i.de.be.n.kyo.u.ka.ra.ni.ge.ru.

因為非常討厭讀書所以逃避學習。

相關單字

回避する ka.i.hi.su.ru. 迴避

ぬいぐるみ

nu.i.gu.ru.mi.

布娃娃、布偶

例句

自分でぬいぐるみを作った。

ji.bu.n.de.nu.i.gu.ru.mi.o.tsu.ku.tta.

自己做了布娃娃。

このぬいぐるみがかわいい。

ko.no.nu.i.gu.ru.mi.ga.ka.wa.i.i.

這個布娃娃好可愛。

ぬいぐるみを買う。

nu.i.gu.ru.mi.o.ka.u.

買布偶。

このぬいぐるみが欲しい。

ko.no.nu.i.gu.ru.mi.ga.ho.shi.i.

我想要這個布偶。

相關單字

人形 ni.n.gyo.u. 娃娃、玩偶

おもちゃ o.mo.cha. 玩具

脱ぐ

nu.gu.

脱掉

例句

靴を脱いでください。

ku.tsu.o.nu.i.de.ku.da.sa.i.

請把鞋子脱掉。

暑いからコートを脱いだ。

a.tsu.i.ka.ra.ko.o.to.o.nu.i.da.

因為熱所以把外套脱掉了。

服を脱ぐ。

fu.ku.o.nu.gu.

脱衣服。

室内では帽子を脱いでください。

shi.tsu.na.i.de.wa.bo.u.shi.o.nu.i.de.ku.da.sa.i.

在室內請把帽子脱掉。

相關單字

着る ki.ru. 穿

はく ha.ku. 穿（下半身衣褲等）

盗む

nu.su.mu.

偷竊、欺瞞

例句

お金を盗む。

o.ka.ne.o.nu.su.mu.

偷錢。

泥棒に財布を盗まれた。

do.ro.bo.u.ni.sa.i.fu.o.nu.su.ma.re.ta.

錢包被小偷偷走了。

母の目を盗んで友達と遊びに行った。

ha.ha.no.me.o.nu.su.n.de.to.mo.da.chi.to.a.so.bi.ni.i.tta.

背著媽媽和朋友出去玩。

人目を盗んでデートする。

hi.to.me.o.nu.su.n.de.de.e.to.su.ru.

偷偷地約會。

相關單字

泥棒 do.ro.bo.u. 小偷

強盜 go.u.to.u. 強盜、行搶

塗る

nu.ru.

塗抹

例句

自分で部屋の壁にペンキを塗った。

ji.bu.n.de.he.ya.no.ka.be.ni.pe.n.ki.o.nu.tta.

自己把房間的牆壁漆了油漆。

薬を塗る。

ku.su.ri.o.nu.ru.

擦藥。

パンにジャムを塗ってください。

pa.n.ni.ja.mu.o.nu.tte.ku.da.sa.i.

請在麵包上塗上果醬。

日焼け止めを塗る。

hi.ya.ke.do.me.o.nu.ru.

抹防曬乳。

相關單字

塗り薬　nu.ri.gu.su.ri.　塗抹的藥膏

塗りたくる　nu.ri.ta.ku.ru.　亂塗、亂抹

濡（ぬ）れる

nu.re.ru.

濕、沾濕

例句

雨（あめ）で靴（くつ）が濡（ぬ）れた。

a.me.de.ku.tsu.ga.nu.re.ta.

鞋子被雨淋濕了。

髪（かみ）が濡（ぬ）れたままで寝（ね）る。

ka.mi.ga.nu.re.ta.ma.ma.de.ne.ru.

頭髮濕濕的就睡。

大切（たいせつ）な本（ほん）が濡（ぬ）れてしまった。

ta.i.se.tsu.na.ho.n.ga.nu.re.te.shi.ma.tta.

重要的書被弄濕了。

服（ふく）が水（みず）に濡（ぬ）れる。

fu.ku.ga.mi.zu.ni.nu.re.ru.

衣服被水弄濕。

相關單字

乾（かわ）く　ka.wa.ku.　乾

願（ねが）い

ne.ga.u.

願望、請求

例句

ちょっとお願（ねが）いがあるんです。

cho.tto.o.ne.ga.i.ga.a.ru.n.de.su.

稍微有個請求。

願（ねが）いが叶（かな）った。

ne.ga.i.ga.ka.na.tta.

願望實現了。

紙（かみ）に願（ねが）いを書（か）く。

ka.mi.ni.ne.ga.i.o.ka.ku.

在紙上寫上願望。

彼（かれ）は私（わたし）の願（ねが）いを聞（き）き入（い）れた。

ka.re.wa.wa.ta.shi.no.ne.ga.i.o.ki.ki.i.re.ta.

他答應了我的請求了。

相關單字

願（ねが）い事（ごと） ne.ga.i.go.to. 願望

願（ねが）い下（さ）げ ne.ga.i.sa.ge. 取消申請、拒絕

猫（ねこ）

ne.ko.

貓

例句

私（わたし）は猫（ねこ）が好（す）きだ。

wa.ta.shi.wa.ne.ko.ga.su.ki.da.

我喜歡貓。

猫（ねこ）を飼（か）う。

ne.ko.o.ka.u.

養貓。

猫（ねこ）の手（て）も借（か）りたい。

ne.ko.no.te.mo.ka.ri.ta.i.

忙得不可開交。

この近（ちか）くは猫（ねこ）がいっぱいいる。

ko.no.chi.ka.ku.wa.ne.ko.ga.i.ppa.i.i.ru.

這附近有很多貓。

相關單字

犬（いぬ） i.nu. 狗

鼠（ねずみ） ne.zu.mi. 老鼠

値段（ねだん）

ne.da.n.

價格

例句

値段（ねだん）が高（たか）い。

ne.da.n.ga.ta.ka.i.

價格很高。

値段（ねだん）が安（やす）い。

ne.da.n.ga.ya.su.i.

價格便宜。

商品（しょうひん）に値段（ねだん）をつける。

sho.u.hi.n.ni.ne.da.n.o.tsu.ke.ru.

幫商品定價。

この服（ふく）の値段（ねだん）が下（さ）がった。

ko.no.fu.ku.no.ne.da.n.ga.sa.ga.tta.

這件衣服降價了。

相關單字

価格（かかく） ka.ka.ku. 價格

熱（ねつ）

ne.tsu.

熱、熱心、發燒

例句

熱（ねつ）を加（くわ）える。

ne.tsu.o.ku.wa.e.ru.

加熱。

ピアノへの熱（ねつ）が冷（さ）める。

pi.a.no.e.no.ne.tsu.ga.sa.me.ru.

對鋼琴的熱情下降。

勉強（べんきょう）に熱（ねつ）を入（い）れる。

be.n.kyo.u.ni.ne.tsu.o.i.re.ru.

熱衷於學習。

風邪（かぜ）を引（ひ）いて熱（ねつ）が出（で）た。

ka.ze.o.hi.i.te.ne.tsu.ga.de.ta.

因感冒而發燒了。

相關單字

情熱（じょうねつ）　jo.u.ne.tsu.　熱情

ねっちゅう
熱中

ne.cchu.u.

熱衷、著迷

例句

ねっちゅう
ゲームに熱中する。

ge.e.mu.ni.ne.cchu.u.su.ru.

沉迷於遊戲。

さいきんしょうせつ ねっちゅう
最近小説に熱中している。

sa.i.ki.n.sho.u.se.tsu.ni.ne.cchu.u.shi.te.i.ru.

最近熱衷於看小說。

いまねっちゅう
今熱中していることがありますか？

i.ma.ne.cchu.u.shi.te.i.ru.ko.to.ga.a.ri.ma.su.ka.

現在有熱衷的事情嗎？

かれ しごと ねっちゅう からだ こわ
彼は仕事に熱中しすぎて体を壊した。

ka.re.wa.shi.go.to.ni.ne.cchu.u.shi.su.gi.te.ka.ra.da.

o.ko.wa.shi.ta.

他太過熱衷於工作而把身體搞壞了。

相關單字

むちゅう
夢中 mu.chu.u. 著迷、熱衷

寝(ね)る

ne.ru.

睡覺、躺

例句

そろそろ寝(ね)ます。

so.ro.so.ro.ne.ma.su.

差不多要睡了。

彼(かれ)はもう寝(ね)てしまった。

ka.re.wa.mo.u.ne.te.shi.ma.tta.

他已經睡著了。

病気(びょうき)で三日間(みっかかん)寝(ね)ていた。

byo.u.ki.de.mi.kka.ka.n.ne.te.i.ta.

因為生病所以躺了三天。

昨日(きのう)はぐっすり寝(ね)た。

ki.no.u.wa.gu.ssu.ri.ne.ta.

昨天睡得很熟。

相關單字

起(お)きる　o.ki.ru.　起來

のこ
残る

no.ko.ru.

留下、剩下、遺留

例句

としょかん　のこ　べんきょう
図書館に残って勉強する。

to.sho.ka.n.ni.no.ko.tte.be.n.kyo.u.su.ru.

留在圖書館念書。

わたし　あし　きず　のこ
私の足には傷あとが残っている。

wa.ta.shi.no.a.shi.ni.wa.ki.zu.a.to.ga.no.ko.tte.i.ru.

我的腳上留有傷疤。

まち　むかし　ふんいき　のこ
ここの町は昔の雰囲気が残っている。

ko.ko.no.ma.chi.wa.mu.ka.shi.no.fu.n.i.ki.ga.no.ko.tte.i.ru.

這裡的城鎮留有以前的氛圍。

ざいりょう　のこ
材料が残る。

za.i.ryo.u.ga.no.ko.ru.

材料有剩。

相關單字

のこ　もの
残り物　no.ko.ri.mo.no.　殘留物

のこ
残らず　no.ko.ra.zu.　全部

伸びる

no.bi.ru.

增高、增長、展開

例句

私の身長が伸びた。

wa.ta.shi.no.shi.n.cho.u.ga.no.bi.ta.

我長高了。

髪が伸びてきたから切りたい。

ka.mi.ga.no.bi.te.ki.ta.ka.ra.ki.ri.ta.i.

頭髮長長了所以想剪。

ラーメンの麺が伸びたから美味しくない。

ra.a.me.n.no.me.n.ga.no.bi.ta.ka.ra.o.i.shi.ku.na.i.

拉麵變爛了所以不好吃。

今年の売り上げが伸びた。

ko.to.shi.no.u.ri.a.ge.ga.no.bi.ta.

今年的銷售額增長了。

相關單字

縮む chi.ji.mu. 收縮

述(の)べる

no.be.ru.

發表、闡述

例句

自分(じぶん)の意見(いけん)を述(の)べる。

ji.bu.n.no.i.ke.n.o.no.be.ru.

發表自己的意見。

彼(かれ)は事実(じじつ)を述(の)べた。

ka.re.wa.ji.ji.tsu.o.no.be.ta.

他闡述了事實。

いい所(ところ)と悪(わる)い所(ところ)を述(の)べてください。

i.i.to.ko.ro.to.wa.ru.i.to.ko.ro.o.no.be.te.ku.da.sa.i.

請闡述優點與缺點。

理由(りゆう)を述(の)べる。

ri.yu.u.o.no.be.ru.

發表理由。

相關單字

発表(はっぴょう) ha.ppyo.u. 發表

飲(の)む

no.mu.

喝

例句

水(みず)を飲(の)む。

mi.zu.o.no.mu.

喝水。

薬(くすり)を飲(の)んでください。

ku.su.ri.o.no.n.de.ku.da.sa.i.

請吃藥。

ジュースを飲(の)みたい。

ju.u.su.o.no.mi.ta.i.

想喝果汁。

ミルクを飲(の)んだ。

mi.ru.ku.o.no.n.da.

喝了牛奶。

相關單字

食(た)べる　ta.be.ru.　吃

乗（の）る

no.ru.

搭乘、坐

例句

飛行機（ひこうき）に乗（の）ったことがある。

hi.ko.u.ki.ni.no.tta.ko.to.ga.a.ru.

坐過飛機。

明日（あした）はバスに乗（の）って行（い）く。

a.shi.ta.wa.ba.su.ni.no.tte.i.ku.

明天搭公車去。

電車（でんしゃ）に乗（の）ります。

de.n.sha.ni.no.ri.ma.su.

搭乘電車。

私（わたし）は一人（ひとり）ではタクシーに乗（の）らない。

wa.ta.shi.wa.hi.to.ri.de.wa.ta.ku.shi.i.ni.no.ra.na.i.

我一個人不坐計程車。

相關單字

降（お）りる　o.ri.ru.　下（車）

のんびり

no.n.bi.ri.

悠哉、悠然自在

例句

田舎でのんびり暮らしている。

i.na.ka.de.no.n.bi.ri.ku.ra.shi.te.i.ru.

在鄉下悠閒地生活著。

のんびりしたい。

no.n.bi.ri.shi.ta.i.

想要悠閒自在的。

のんびりした景色が最高だ。

no.n.bi.ri.shi.ta.ke.shi.ki.ga.sa.i.ko.u.da.

心曠神怡的風景是最棒的。

彼はのんびりした人だ。

ka.re.wa.no.n.bi.ri.shi.ta.hi.to.da.

他是個無拘無束的人。

相關單字

のびのび　no.bi.no.bi.　悠閒自在

ゆったり　yu.tta.ri.　輕鬆愉快

除(のぞ)く

no.zo.ku.

除去、除外

例句

彼女(かのじょ)の名前(なまえ)を名簿(めいぼ)から除(のぞ)く。

ka.no.jo.no.na.ma.e.o.me.i.bo.ka.ra.no.zo.ku.

把她的名子從名冊裡刪掉。

月曜日(げつようび)を除(のぞ)いて毎日(まいにち)ジョギングをする。

ge.tsu.yo.u.bi.o.no.zo.i.te.ma.i.ni.chi.jo.gi.n.gu.o.su.ru.

除了星期一以外每天都慢跑。

彼(かれ)を除(のぞ)いてみんな参加(さんか)する。

ka.re.o.no.zo.i.te.mi.n.na.sa.n.ka.su.ru.

除了他以外大家都參加。

心(こころ)の不安(ふあん)を除(のぞ)く。

ko.ko.ro.no.fu.a.n.o.no.zo.ku.

除去心中的不安。

相關單字

削除(さくじょ)　sa.ku.jo.　刪除

登る（のぼ）

no.bo.ru.

登、上

例句

山を登る。（やま・のぼ）

ya.ma.o.no.bo.ru.

爬山。

階段を登る。（かいだん・のぼ）

ka.i.da.n.o.no.bo.ru.

上樓梯。

富士山に登ったことがある。（ふじさん・のぼ）

fu.ji.sa.n.ni.no.bo.tta.ko.to.ga.a.ru.

有爬過富士山。

子供が公園の滑り台を登った。（こども・こうえん・すべ・だい・のぼ）

ko.do.mo.ga.ko.u.e.n.no.su.be.ri.da.i.o.no.bo.tta.

小孩子爬上了公園的溜滑梯。

相關單字

降りる（お） o.ri.ru. 下來、下

NOTE

BOOK

日本人最常用的 五十音單字

入る（はい）

ha.i.ru.

進入、參加、添加

例句

大学に入った。（だいがく、はい）

da.i.ga.ku.ni.ha.i.tta.

進入大學。

私の部屋に入ってください。（わたし、へや、はい）

wa.ta.shi.no.he.ya.ni.ha.i.tte.ku.da.sa.i.

請進我的房間。

野球サークルに入る。（やきゅう、はい）

ya.kyu.u.sa.a.ku.ru.ni.ha.i.ru.

參加棒球社團。

この料理には唐辛子が入っている。（りょうり、とうがらし、はい）

ko.no.ryo.u.ri.ni.wa.to.u.ga.ra.shi.ga.ha.i.tte.i.ru.

這個料理裡加有了辣椒。

相關單字

参加（さんか） sa.n.ka. 參加

出る（で） de.ru. 出來

馬鹿（ばか）

ba.ka.

愚蠢、糊塗

例句

私（わたし）を馬鹿（ばか）にするな。

wa.ta.shi.o.ba.ka.ni.su.ru.na.

不要把我當白痴。

馬鹿（ばか）なことをやってしまった。

ba.ka.na.ko.to.o.ya.tte.shi.ma.tta.

做了糊塗的事情。

馬鹿（ばか）なことを言（い）うな。

ba.ka.na.ko.to.o.i.u.na.

不要説愚蠢的話。

馬鹿（ばか）な人（ひと）。

ba.ka.na.hi.to.

愚蠢的人。

相關單字

あほう　a.ho.u.　傻子

賢（かしこ）い　ka.shi.ko.i.　聰明的

初めて

ha.ji.me.te.

初次、第一次、才

例句

初めてこの料理を食べた。

ha.ji.me.te.ko.no.ryo.u.ri.o.ta.be.ta.

第一次吃這個料理。

夏休みに初めてアメリカに行った。

na.tsu.ya.su.mi.ni.ha.ji.me.te.a.me.ri.ka.ni.i.tta.

暑假的時候第一次去了美國。

見て初めて分かった。

mi.te.ha.ji.me.te.wa.ka.tta.

看了才知道。

失って初めて大事なことに気づく。

u.shi.na.tte.ha.ji.me.te.da.i.ji.na.ko.to.ni.ki.zu.ku.

失去了才知道重要。

相關單字

初めまして　ha.ji.me.ma.shi.te.　初次見面

場所（ばしょ）

ba.sho.

地點、場合、地方

例句

パーティーの場所（ばしょ）はどこですか？

pa.a.ti.i.no.ba.sho.wa.do.ko.de.su.ka.

派對的地點在哪裡？

集合（しゅうごう）の場所（ばしょ）が分（わ）かる？

syu.u.go.u.no.ba.sho.ga.wa.ka.ru.

知道集合地點嗎？

この部屋（へや）は狭（せま）くて座（すわ）る場所（ばしょ）もない。

ko.no.he.ya.wa.se.ma.ku.te.su.wa.ru.ba.sho.mo.na.i.

這個房間很窄連坐的地方都沒有。

会議（かいぎ）の場所（ばしょ）を教（おし）えてください。

ka.i.gi.no.ba.sho.o.o.shi.e.te.ku.da.sa.i.

請告訴我會議的地點。

相關單字

所（ところ） to.ko.ro. 地點、場所

働く（はたら）

ha.ta.ra.ku.

工作、勞動

例句

どこで働（はたら）いていますか？

do.ko.de.ha.ta.ra.i.te.i.ma.su.ka.

在哪裡工作呢？

毎日遅（まいにちおそ）くまで働（はたら）いている。

ma.i.ni.chi.o.so.ku.ma.de.ha.ta.ra.i.te.i.ru.

每天都工作到很晚。

飲食店（いんしょくてん）で働（はたら）く。

i.n.sho.ku.te.n.de.ha.ta.ra.ku.

在餐飲店工作。

彼（かれ）は病気（びょうき）で暫（しばら）く働（はたら）けない。

ka.re.wa.byo.u.ki.de.shi.ba.ra.ku.ha.ta.ra.ke.na.i.

他因為生病所以暫時不能工作。

相關單字

勤（つと）める tsu.to.me.ru. 任職、工作

仕事（しごと） shi.go.to. 職業、工作

話(はなし)

ha.na.shi.

話題、話、故事

例句

つまらない話(はなし)を聞(き)きたくない。

tsu.ma.ra.na.i.ha.na.shi.o.ki.ki.ta.ku.na.i.

不想聽無聊的話。

話(はなし)はもう変(か)えた。

ha.na.shi.wa.mo.u.ka.e.ta.

話題已經改變了。

彼(かれ)と話(はなし)が合(あ)わない。

ka.re.to.ha.na.shi.ga.a.wa.na.i.

和他話不投機。

これはとても面白(おもしろ)い話(はなし)だ。

ko.re.wa.to.te.mo.o.mo.shi.ro.i.ha.na.shi.da.

這是個非常有趣的故事。

相關單字

話題(わだい)　wa.da.i.　話題

Track 099

離れる

ha.na.re.ru.

分離、距離、脱離

例句

家族と離れて一人で海外へ行く。

ka.zo.ku.to.ha.na.re.te.hi.to.ri.de.ka.i.ga.i.e.i.ku.

離開家人一個人去國外。

会社は駅から一キロ離れている。

ka.i.sha.wa.e.ki.ka.ra.i.chi.ki.ro.ha.na.re.te.i.ru.

公司距離車站一公里。

会社を離れる。

ka.i.sha.o.ha.na.re.ru.

離開公司。

彼氏の心が離れてしまった。

ka.re.shi.no.ko.ko.ro.ga.ha.na.re.te.shi.ma.tta.

男朋友的心已經離開了。

相關單字

別れる wa.ka.re.ru. 分離、分手

びっくり

bi.kku.ri.

吃驚、嚇一跳

例句

この値段(ねだん)はびっくりするほど高(たか)い。

ko.no.ne.da.n.wa.bi.kku.ri.su.ru.ho.do.ta.ka.i.

這個價錢是嚇死人的貴。

本当(ほんとう)にびっくりした。

ho.n.to.u.ni.bi.kku.ri.shi.ta.

真的嚇了一大跳。

この事(こと)を聞(き)いてびっくりしたよ。

ko.no.ko.to.o.ki.i.te.bi.kku.ri.shi.ta.yo.

聽到這件事真的是非常吃驚呢。

びっくりして口(くち)もきけない。

bi.kku.ri.shi.te.ku.chi.mo.ki.ke.na.i.

嚇到說不出話來。

相關單字

驚(おどろ)く　o.do.ro.ku.　吃驚、驚訝

引っ越す

hi.kko.su.

搬家、喬遷

例句

来月に引っ越します。

ra.i.ge.tsu.ni.hi.kko.shi.ma.su.

下個月搬家。

仕事のためにアメリカへ引っ越す。

shi.go.to.no.ta.me.ni.a.me.ri.ka.e.hi.kko.su.

因為工作所以搬到美國。

彼女はもう引っ越した。

ka.no.jo.wa.mo.u.hi.kko.shi.ta.

她已經搬走了。

私は来年大阪に引っ越そうと思う。

wa.ta.shi.wa.ra.i.ne.n.o.o.sa.ka.ni.hi.kko.so.u.to.o.mo.u.

我明年想要搬到大阪。

相關單字

転居 te.n.kyo. 搬家、遷居

ひつよう
必要

hi.tsu.yo.u.

必要、需要

例句

この研究はもっと時間が必要だ。

ko.no.ke.n.kyu.u.wa.mo.tto.ji.ka.n.ga.hi.tsu.yo.u.da.

這個研究需要更多的時間。

会議ではこの資料が必要だ。

ka.i.gi.de.wa.ko.no.shi.ryo.u.ga.hi.tsu.yo.u.da.

會議需要這份資料。

もう一度やる必要はない。

mo.u.i.chi.do.ya.ru.hi.tsu.yo.u.wa.na.i.

不需要再做一次。

この事を彼に知らせる必要がある。

ko.no.ko.to.o.ka.re.ni.shi.ra.se.ru.hi.tsu.yo.u.ga.a.ru.

這件事有告訴他的需要。

相關單字

不要（ふよう） fu.yo.u. 不需要

酷い

hi.do.i.

殘酷、厲害、嚴重

例句

誰がこんなに酷いことをやったの？

da.re.ga.ko.n.na.ni.hi.do.i.ko.to.o.ya.tta.no.

誰做了這麼殘酷的事？

酷い目にあう。

hi.do.i.me.ni.a.u.

倒楣。

酷いことを言いました。

hi.do.i.ko.to.o.i.i.ma.shi.ta.

說了過分的話。

酷い病気でずいぶん痩せた。

hi.do.i.byo.u.ki.de.zu.i.bu.n.ya.se.ta.

因為重病所以瘦了很多。

相關單字

大変　ta.i.he.n.　辛苦、嚴重

ひま
暇

hi.ma

空間、時間

例句

忙しすぎてご飯を食べる暇もない。

i.so.ga.shi.su.gi.te.go.ha.n.o.ta.be.ru.hi.ma.mo.na.i.

忙到連吃飯的空閒也沒有。

今は暇ですか？

i.ma.wa.hi.ma.de.su.ka.

現在有空嗎？

暇な時に小説を読む。

hi.ma.na.to.ki.ni.sho.u.se.tsu.o.yo.mu.

有空閒的時候看小説。

暇をつぶすためにテレビを見る。

hi.ma.o.tsu.bu.su.ta.me.ni.te.re.bi.o.mi.ru.

為了打發時間而看電視。

相關單字

暇取る　hi.ma.do.ru.　費時間

暇人　hi.ma.ji.n.　閒人

病気（びょうき）

byo.u.ki.

疾病、毛病

例句

勉強（べんきょう）しすぎて病気（びょうき）になった。

be.n.kyo.u.shi.su.gi.te.byo.u.ki.ni.na.tta.

讀書用功過度而生病了。

やっと病気（びょうき）が治（なお）った。

ya.tto.byo.u.ki.ga.na.o.tta.

病終於治好了。

彼（かれ）は病気（びょうき）のために参加（さんか）できなかった。

ka.re.wa.byo.u.ki.no.ta.me.ni.sa.n.ka.de.ki.na.ka.tta.

他因為生病所以沒辦法參加。

また例（れい）の病気（びょうき）が始（はじ）まった。

ma.ta.re.i.no.byo.u.ki.ga.ha.ji.ma.tta.

又犯了老毛病。

相關單字

病（やまい） ya.ma.i. 疾病

健康（けんこう） ke.n.ko.u. 健康

広い（ひろい）

hi.ro.i.

寬廣的、遼闊的

例句

この部屋（へや）はとても広（ひろ）い。

ko.no.he.ya.wa.to.te.mo.hi.ro.i.

這個房間非常寬敞。

彼（かれ）は心（こころ）が広（ひろ）い人（ひと）だ。

ka.re.wa.ko.ko.ro.ga.hi.ro.i.hi.to.da.

他是個心胸寬廣的人。

海外（かいがい）へ行（い）って視野（しや）が広（ひろ）くなった。

ka.i.ga.i.e.i.tte.shi.ya.ga.hi.ro.ku.na.tta.

去了國外視野變得寬廣。

広（ひろ）い知識（ちしき）を得（え）るために毎日勉強（まいにちべんきょう）する。

hi.ro.i.chi.shi.ki.o.e.ru.ta.me.ni.ma.i.ni.chi.be.n.kyo.u.su.ru.

為了有廣博的知識而每天都努力學習。

相關單字

狭い（せまい） se.ma.i. 狹小的

幅広い（はばひろい） ha.ba.hi.ro.i. 廣泛的

深(ふか)い

fu.ka.i.

深、深刻、深遠

例句

深(ふか)く印象(いんしょう)に残(のこ)った。

fu.ka.ku.i.n.sho.u.ni.no.ko.tta.

留下深刻的印象。

このストーリーの意味(いみ)は深(ふか)い。

ko.no.su.to.o.ri.i.no.i.mi.wa.fu.ka.i.

這個故事的意義深厚。

このプールは深(ふか)い。

ko.no.pu.u.ru.wa.fu.ka.i.

這個游泳池很深。

私(わたし)たちは深(ふか)い仲(なか)だ。

wa.ta.shi.ta.chi.wa.fu.ka.i.na.ka.da.

我們的交情深厚。

相關單字

浅(あさ)い　a.sa.i.　淺的

服(ふく)

fu.ku.

衣服

例句

服(ふく)を着(き)る。

fu.ku.o.ki.ru.

穿衣服。

新(あたら)しい服(ふく)を買(か)った。

a.ta.ra.shi.i.fu.ku.o.ka.tta.

買了新的衣服。

この服(ふく)はどこで買(か)いましたか？

ko.no.fu.ku.wa.do.ko.de.ka.i.ma.shi.ta.ka.

這件衣服在哪裡買的？

服(ふく)を洗濯(せんたく)する。

fu.ku.o.se.n.ta.ku.su.ru.

洗衣服。

相關單字

ズボン　zu.bo.n.　褲子

スカート　su.ka.a.to.　裙子

再び

fu.ta.ta.bi.

再次、又

例句

再びこの本を読んだ。

fu.ta.ta.bi.ko.no.ho.n.o.yo.n.da.

再次讀了這本書。

再び友達と会えて嬉しかった。

fu.ta.ta.bi.to.mo.da.chi.to.a.e.te.u.re.shi.ka.tta.

能再次和朋友見面真是開心。

再び同じ過ちを犯した。

fu.ta.ta.bi.o.na.ji.a.ya.ma.chi.o.o.ka.shi.ta.

又犯了相同的錯誤。

再び海外へ行く。

fu.ta.ta.bi.ka.i.ga.i.e.i.ku.

再次去國外。

相關單字

二度　ni.do.　再次

また　ma.ta.　又

普段

fu.da.n.

平常

例句

彼は普段あまり勉強しない人だ。

ka.re.wa.fu.da.n.a.ma.ri.ba.n.kyo.u.shi.na.i.hi.to.da.

他是個平常不怎麼讀書的人。

この教室は普段使わない。

ko.no.kyo.u.shi.tsu.wa.fu.da.n.tsu.ka.wa.na.i.

這教室平常不使用。

私は普段八時に目が覚める。

wa.ta.shi.wa.fu.da.n.ha.chi.ji.ni.me.ga.sa.me.ru.

我平常八點起來。

私は普段運動しない。

wa.ta.shi.wa.fu.da.n.u.n.do.u.shi.na.i.

我平常不運動。

相關單字

普通　fu.tsu.u.　通常、普通

太る

fu.to.ru.

胖、增加、成長

例句

最近ちょっと太った。

sa.i.ki.n.cho.tto.fu.to.tta.

最近變胖了。

運動しないと太るよ。

u.n.do.u.shi.na.i.to.fu.to.ru.yo.

不運動的話會變胖喔。

去年より二キロ太りました。

kyo.ne.n.yo.ri.ni.ki.ro.fu.to.ri.ma.shi.ta.

比去年胖了兩公斤。

彼女はどんなに食べても太らない体質だ。

ka.no.jo.wa.do.n.na.ni.ta.be.te.mo.fu.to.ra.na.i.ta.i.shi.tsu.da.

她是不管怎麼吃都不會胖的體質。

相關單字

痩せる　ya.se.ru.　瘦

不便（ふべん）

fu.be.n.

不方便

例句

ここは交通（こうつう）が不便（ふべん）です。

ko.ko.wa.ko.u.tsu.u.ga.fu.be.n.de.su.

這裡交通不方便。

英語（えいご）ができないので海外旅行（かいがいりょこう）は不便（ふべん）だ。

e.i.go.ga.de.ki.na.i.no.de.ka.i.ga.i.ryo.ko.u.wa.fu.be.n.da.

因為不會英文所以國外旅行非常不方便。

携帯電話（けいたいでんわ）がなくなって不便（ふべん）になった。

ke.i.ta.i.de.n.wa.ga.na.ku.na.tte.fu.be.n.ni.na.tta.

手機不見了變得很不方便。

ここでは車（くるま）がないと不便（ふべん）だよ。

ko.ko.de.wa.ku.ru.ma.ga.na.i.to.fu.be.n.da.yo.

這裡沒有車的話會很不方便喔。

相關單字

便利（べんり） be.n.ri. 方便

古(ふる)い

fu.ru.i.

舊的、老的、過去的

例句

このホテルは古(ふる)い。

ko.no.ho.te.ru.wa.fu.ru.i.

這個飯店很老舊。

それは古(ふる)い話(はなし)です。

so.re.wa.fu.ru.i.ha.na.shi.de.su.

那件事已經是過去的事了。

古(ふる)い服(ふく)を捨(す)てる。

fu.ru.i.fu.ku.o.su.te.ru.

丟掉舊的衣服。

彼(かれ)の考(かんが)え方(かた)は古(ふる)いです。

ka.re.no.ka.n.ga.e.ka.ta.wa.fu.ru.i.de.su.

他的想法很落後。

相關單字

新(あたら)しい　a.ta.ra.shi.i.　新的

平気（へいき）

he.i.ki.

不在乎、不介意、冷靜

例句

彼（かれ）は遅刻（ちこく）しても平気（へいき）な人（ひと）だ。

ka.re.wa.chi.ko.ku.shi.te.mo.he.i.ki.na.hi.to.da.

他是遲到也不在乎的人。

彼女（かのじょ）は平気（へいき）な顔（かお）をしています。

ka.no.jo.wa.he.i.ki.na.ka.o.o.shi.te.i.ma.su.

她一臉不介意的樣子。

平気（へいき）で嘘（うそ）をつく。

he.i.ki.de.u.so.o.tsu.ku.

睜眼說瞎話。

周（まわ）りに何（なに）を言（い）われても平気（へいき）です。

ma.wa.ri.ni.na.ni.o.i.wa.re.te.mo.he.i.ki.de.su.

被周遭的人說甚麼也不在意。

相關單字

平静（へいせい）　he.i.se.i.　冷靜

下手（へた）

he.ta.

不拿手、笨拙

例句

私（わたし）は料理（りょうり）が下手（へた）です。

wa.ta.shi.wa.ryo.u.ri.ga.he.ta.de.su.

我不擅長料理。

音楽（おんがく）が下手（へた）な人（ひと）。

o.n.ga.ku.ga.he.ta.na.hi.to.

不擅長音樂的人。

英語（えいご）が下手（へた）になりました。

e.i.go.ga.he.ta.ni.na.ri.ma.shi.ta.

英文變差了。

私（わたし）は字（じ）が下手（へた）です。

wa.ta.shi.wa.ji.ga.he.ta.de.su.

我的字不好看。

相關單字

上手（じょうず） jo.u.zu. 熟練、擅長
苦手（にがて） ni.ga.te. 不擅長

べつべつ
別々

be.tsu.be.tsu.

個別、分別

例句

べつべつ　つつ
別々に包んでください。

be.tsu.be.tsu.ni.tsu.tsu.n.de.ku.da.sa.i.

請分開包裝。

りょうきん　べつべつ　はら
料金を別々に払います。

ryo.u.ki.n.o.be.tsu.be.tsu.ni.ha.ra.i.ma.su.

分開結帳。

べつべつ　ようじ　かえ
みんなは別々の用事で帰った。

mi.n.na.wa.be.tsu.be.tsu.no.yo.u.ji.de.ka.e.tta.

大家因為各自的原因回去了。

おや　べつべつ　く
親と別々に暮らしている。

o.ya.to.be.tsu.be.tsu.ni.ku.ra.shi.te.i.ru.

和父母分開住。

相關單字

いっしょ
一緒　i.ssho.　一起

部屋

he.ya.

房間、屋子

例句

自分の部屋を掃除してください。

ji.bu.n.no.he.ya.o.so.u.ji.shi.te.ku.da.sa.i.

請打掃自己的房間。

ここは私の部屋だ。

ko.ko.wa.wa.ta.shi.no.he.ya.da.

這裡是我的房間。

この部屋はとても広いです。

ko.no.he.ya.wa.to.te.mo.hi.ro.i.de.su.

這個房間非常寬敞。

一人暮らしの部屋を探す。

hi.to.ri.gu.ra.shi.no.he.ya.o.sa.ga.su.

找一個人住的屋子。

相關單字

ホテル　ho.te.ru.　飯店

部屋代　he.ya.da.i.　房租

へん
変

he.n.

奇怪、異常

例句

あの人は変な顔をしている。

a.no.hi.to.wa.he.n.na.ka.o.o.shi.te.i.ru.

他一臉奇怪的樣子。

今日は変な人に会った。

kyo.u.wa.he.n.na.hi.to.ni.a.tta.

今天遇到了奇怪的人。

彼は変な服を着ています。

ka.re.wa.he.n.na.fu.ku.o.ki.te.i.ma.su.

他穿著奇怪的衣服。

変な質問をされました。

he.n.na.shi.tsu.mo.n.o.sa.re.ma.shi.ta

被問了奇怪的問題。

相關單字

おかしい　o.ka.shi.i.　奇怪的、可笑的

べんきょう
勉強

be.n.kyo.u.

學習、經驗

例句

試験のために毎日深夜まで勉強している。

shi.ke.n.no.ta.me.ni.ma.i.ni.chi.shi.n.ya.ma.de.be.n.kyo.u.shi.te.i.ru.

因為考試每天都讀書讀到深夜。

早く勉強してください。

ha.ya.ku.be.n.kyo.u.shi.te.ku.da.sa.i.

請快點去讀書。

今回の事件でとても勉強になった。

ko.n.ka.i.no.ji.ke.n.de.to.te.mo.be.n.kyo.u.ni.na.tta.

這次的事件學習到了很多。

今日はいろいろなことが勉強になった。

kyo.u.wa.i.ro.i.ro.na.ko.to.ga.be.n.kyo.u.ni.na.tta.

今天學到了很多事。

相關單字

学習　ga.ku.shu.u.　學習

便利（べんり）

be.n.ri.

便利、方便

例句

インターネットで生活（せいかつ）が便利（べんり）になった。

i.n.ta.a.ne.tto.de.se.i.ka.tsu.ga.be.n.ri.ni.na.tta.

網路使生活變方便了。

この機械（きかい）を使（つか）うと便利（べんり）になるよ。

ko.no.ki.ka.i.o.tsu.ka.u.to.be.n.ri.ni.na.ru.yo.

使用這個機器的話就變得很方便喔。

スーパーは家（いえ）から近（ちか）いので便利（べんり）です。

su.u.pa.a.wa.i.e.ka.ra.chi.ka.i.no.de.be.n.ri.de.su.

超市離家裡很近所以很便利。

今（いま）は生活（せいかつ）が便利（べんり）な時代（じだい）だ。

i.ma.wa.se.i.ka.tsu.ga.be.n.ri.na.ji.da.i.da.

現在是生活方便的時代。

相關單字

不便（ふべん） fu.be.n. 不方便

方向（ほうこう）

ho.u.ko.u.

方向

例句

駅（えき）はどの方向（ほうこう）ですか？

e.ki.wa.do.no.ho.u.ko.u.de.su.ka.

車站在哪個方向？

自分（じぶん）の進（すす）む方向（ほうこう）を考（かんが）える。

ji.bu.n.no.su.su.mu.ho.u.ko.u.o.ka.n.ga.e.ru.

思考自己前進的方向。

研究（けんきゅう）の方向（ほうこう）が正（ただ）しい。

ke.n.kyu.u.no.ho.u.ko.u.ga.ta.da.shi.i.

研究的方向是正確的。

努力（どりょく）の方向（ほうこう）が間違（まちが）っています。

do.ryo.ku.no.ho.u.ko.u.ga.ma.chi.ga.tte.i.ma.su.

努力錯方向了。

相關單字

方向音痴（ほうこうおんち） ho.u.ko.u.o.n.chi. 路癡

方法（ほうほう）

ho.u.ho.u.

方法、手段

例句

解決方法（かいけつほうほう）を考（かんが）える。

ka.i.ke.tsu.ho.u.ho.u.o.ka.n.ga.e.ru.

想解決辦法。

ほかの方法（ほうほう）がありますか？

ho.ka.no.ho.u.ho.u.ga.a.ri.ma.su.ka.

有其它的方法嗎？

いい方法（ほうほう）を見（み）つけました。

i.i.ho.u.ho.u.o.mi.tsu.ke.ma.shi.ta.

找到了好的辦法。

正（ただ）しい方法（ほうほう）を教（おし）えてください。

ta.da.shi.i.ho.u.ho.u.o.o.shi.e.te.ku.da.sa.i.

請告訴我正確的方法。

相關單字

手段（しゅだん）　shu.da.n.　手段

ほか

ho.ka.

其他、另外、別處

例句

ほかに用事(ようじ)があります。

ho.ka.ni.yo.u.ji.ga.a.ri.ma.su.

有另外的事。

またほかの日(ひ)に行(い)きます。

ma.ta.ho.ka.no.hi.ni.i.ki.ma.su.

改天再去。

ほかでは体験(たいけん)できない。

ho.ka.de.wa.ta.i.ke.n.de.ki.na.i.

別的地方體驗不到。

ほかの学校(がっこう)の友達(ともだち)がいる。

ho.ka.no.ga.kko.u.no.to.mo.da.chi.ga.i.ru.

有其它學校的朋友。

相關單字

別(べつ) be.tsu. 別的、另外

誇る

ho.ko.ru.

自豪、誇耀

例句

自分たちの誇れる商品を作りたい。

ji.bu.n.ta.chi.no.ho.ko.re.ru.sho.u.hi.n.o.tsu.ku.ri.ta.i.

想做出我們能誇耀的商品。

自分の成績を誇ります。

ji.bu.n.no.se.i.se.ki.o.ho.ko.ri.ma.su.

誇耀自己的成績。

世界一を誇る建築物。

se.ka.i.i.chi.o.ho.ko.ru.ke.n.chi.ku.bu.tsu.

誇耀為世界第一的建築物。

自分の功績と知識を誇らない。

ji.bu.n.no.ko.u.se.ki.to.chi.shi.ki.o.ho.ko.ra.na.i.

不誇耀自己的功績和知識。

相關單字

褒める　ho.me.ru.　稱讚

誇り　ho.ko.ri.　自豪、驕傲

ほ
褒める

ho.me.ru.

稱讚、表揚

例句

きょう　せんせい　ほ
今日は先生に褒められた。

kyo.u.wa.se.n.se.i.ni.ho.me.ra.re.ta.

今天被老師稱讚了。

かのじょ　さくひん　ほ
彼女の作品を褒める。

ka.no.jo.no.sa.ku.hi.n.o.ho.me.ru.

表揚她的作品。

こころ　ほ　たいせつ
心から褒めることが大切です。

ko.ko.ro.ka.ra.ho.me.ru.ko.to.ga.ta.i.se.tsu.de.su.

發自內心的稱讚是很重要的。

ほ
それはあまり褒められたことではない。

so.re.wa.a.ma.ri.ho.me.ra.re.ta.ko.to.de.wa.na.i.

那不是甚麼值得稱讚的事情。

相關單字

たた
称える　ta.ta.e.ru.　稱讚

けな
貶す　ke.na.su.　貶低

ho.n.ki.

真心、認真

例句

何事(なにごと)も本気(ほんき)でやります。

na.ni.go.to.mo.ho.n.ki.de.ya.ri.ma.su.

甚麼事都認真去做。

私(わたし)は本気(ほんき)で留学(りゅうがく)したいです。

wa.ta.shi.wa.ho.n.ki.de.ryu.u.ga.ku.shi.ta.i.de.su.

我是認真想要去留學。

本気(ほんき)で彼(かれ)に告白(こくはく)した。

ho.n.ki.de.ka.re.ni.ko.ku.ha.ku.shi.ta.

真心地和他告白了。

本気(ほんき)でダイエットしたいです。

ho.n.ki.de.da.i.e.tto.shi.ta.i.de.su.

認真地想要減肥。

相關單字

真剣(しんけん) shi.n.ke.n. 認真
冗談(じょうだん) jo.u.da.n. 開玩笑

ぼんやり

bo.n.ya.ri.

傻、模糊、發呆

例句

うすぼんやりした人(ひと)。

u.su.bo.n.ya.ri.shi.ta.hi.to.

糊塗的人。

内容(ないよう)はぼんやりと覚(おぼ)えている。

na.i.yo.u.wa.bo.n.ya.ri.to.o.bo.e.te.i.ru.

內容只模糊記得一些。

彼(かれ)はぼんやりしてあそこで座(すわ)っている。

ka.re.wa.bo.n.ya.ri.shi.te.a.so.ko.de.su.wa.tte.i.ru.

他坐在那邊發呆著。

会議中(かいぎちゅう)にぼんやりしないでください。

ka.i.gi.chu.u.ni.bo.n.ya.ri.shi.na.i.de.ku.da.sa.i.

在會議中請不要心不在焉。

相關單字

はっきり　ha.kki.ri.　清楚地

日本人最常用的
五十音單字

まずい

ma.zu.i.

難吃、不恰當、笨拙

例句

この料理(りょうり)はまずい。

ko.no.ryo.u.ri.wa.ma.zu.i.

這個料理很難吃。

これはまずくて食(た)べられない。

ko.re.wa.ma.zu.ku.te.ta.be.ra.re.na.i.

這個太難吃了所以吃不下。

このことを先生(せんせい)に聞(き)かれたらまずい。

ko.no.ko.to.o.se.n.se.i.ni.ki.ka.re.ta.ra.ma.zu.i.

這件事情被老師聽到就糟了。

私(わたし)の字(じ)はまずいです。

wa.ta.shi.no.ji.wa.ma.zu.i.de.su.

我的字不好看。

相關單字

うまい　u.ma.i.　好吃、高明
美味(おい)しい　o.i.shi.i.　好吃、美味

また

ma.ta.

又、再

例句

じゃ、また明日(あした)。

ja./ma.ta.a.shi.ta.

那麼明天見。

来月(らいげつ)また行(い)きます。

ra.i.ge.tsu.ma.ta.i.ki.ma.su.

下個月再去。

また先生(せんせい)に叱(しか)られた。

ma.ta.se.n.se.i.ni.shi.ka.ra.re.ta.

又被老師罵了。

また今度会(こんどあ)いましょう。

ma.ta.ko.n.do.a.i.ma.sho.u.

下次再見面吧。

相關單字

再(ふたた)び　fu.ta.ta.bi.　再一次、又

まだ

ma.da.

還、未

例句

怪我（けが）した足（あし）はまだ痛（いた）い。

ke.ga.shi.ta.a.shi.wa.ma.da.i.ta.i.

受傷的腳還在痛。

仕事（しごと）はまだ終（お）わっていない。

shi.go.to.wa.ma.da.o.wa.tte.i.na.i.

工作還沒結束。

面接（めんせつ）の結果（けっか）はまだ来（こ）ないです。

me.n.se.tsu.no.ke.kka.wa.ma.da.ko.na.i.de.su.

面試的結果通知還沒來。

答（こた）えはまだ分（わ）からない。

ko.ta.e.wa.ma.da.wa.ka.ra.na.i.

還不知道答案。

相關單字

未（いま）だ　i.ma.da.　尚未

依然（いぜん）　i.ze.n.　依然、仍舊

間(ま)に合(あ)う

ma.ni.a.u.

趕上、來得及

例句

今(いま)から行(い)っても間(ま)に合(あ)わないんだ。

i.ma.ka.ra.i.tte.mo.ma.ni.a.wa.na.i.n.da.

現在去也來不及了。

やっとのことで電車(でんしゃ)に間(ま)に合(あ)った。

ya.tto.no.ko.to.de.de.n.sha.ni.ma.ni.a.tta.

終於趕上了電車。

開演時間(かいえんじかん)に間(ま)に合(あ)いました。

ka.i.e.n.ji.ka.n.ni.ma.ni.a.i.ma.shi.ta.

趕上了開演時間。

まだ間(ま)に合(あ)いますか？

ma.da.ma.ni.a.i.ma.su.ka.

還來得及嗎？

相關單字

手遅(ておく)れ　te.o.ku.re.　耽誤、耽擱

まもなく

ma.mo.na.ku.

不久、一會兒

例句

母(はは)はまもなく帰(かえ)ってくると思(おも)う。

ha.ha.wa.ma.mo.na.ku.ka.e.tte.ku.ru.to.o.mo.u.

我想媽媽應該不久就回來了。

まもなく大阪(おおさか)に着(つ)きます。

ma.mo.na.ku.o.o.sa.ka.ni.tsu.ki.ma.su.

等下就到大阪了。

まもなく九時(くじ)になります。

ma.mo.na.ku.ku.ji.ni.na.ri.ma.su.

馬上就要九點了。

まもなく春(はる)が来(く)る。

ma.mo.na.ku.ha.ru.ga.ku.ru.

春天不久就來了。

相關單字

すぐ　su.gu.　馬上

右（みぎ）

mi.gi.

右邊

例句

右（みぎ）から並（なら）べる。

mi.gi.ka.ra.na.ra.be.ru.

從右邊開始排。

右（みぎ）の道（みち）へ行（い）ってください。

mi.gi.no.mi.chi.e.i.tte.ku.da.sa.i.

請走右邊的道路。

この写真（しゃしん）の右（みぎ）の人（ひと）は誰（だれ）ですか？

ko.no.sha.shi.n.no.mi.gi.no.hi.to.wa.da.re.de.su.ka.

這張照片右邊的人是誰？

彼女（かのじょ）は私（わたし）の右（みぎ）に立（た）っている。

ka.no.jo.wa.wa.ta.shi.no.mi.gi.ni.ta.tte.i.ru.

她站在我的右邊。

相關單字

左（ひだり） hi.da.ri. 左

上（うえ） u.e. 上

下（した） shi.ta. 下

みじか
短い

mi.ji.ka.i.

短的、短暫

例句

みじか
このスカートは短い。

ko.no.su.ka.a.to.wa.mi.ji.ka.i.

這件裙子很短。

みじか　か
短いメッセージを書く。

mi.ji.ka.i.me.sse.e.ji.o.ka.ku.

寫短訊。

かみ　みじか　き
髪を短く切りました。

ka.mi.o.mi.ji.ka.ku.ki.ri.ma.shi.ta.

把頭髮剪短了。

じんせい　みじか
人生は短いです。

ji.n.se.i.wa.mi.ji.ka.i.de.su.

人生是短暫的。

相關單字

なが
長い　na.ga.i.　長

道（みち）

mi.chi.

道路、手段

例句

この道（みち）をまっすぐ行（い）ってください。

ko.no.mi.chi.o.ma.ssu.gu.i.tte.ku.da.sa.i.

請直直地走這條路下去。

新宿駅（しんじゅくえき）で道（みち）に迷（まよ）った。

shi.n.ju.ku.e.ki.de.mi.chi.ni.ma.yo.tta.

在新宿車站裡迷路了。

解決（かいけつ）の道（みち）を探（さが）す。

ka.i.ke.tsu.no.mi.chi.o.sa.ga.su.

尋找解決的方法。

もう帰（かえ）る道（みち）はないです。

mo.u.ka.e.ru.mi.chi.wa.na.i.de.su.

已經沒有回去的路了。

相關單字

道路（どうろ） do.u.ro. 道路

方法（ほうほう） ho.u.ho.u. 方法

皆（みな）

mi.na.

全、都、大家

例句

このレストランの料理（りょうり）はみな美味（おい）しい。

ko.no.re.su.to.ra.n.no.ryo.u.ri.wa.mi.na.o.i.shi.i.

這家餐廳的料理都很好吃。

今日（きょう）はみな出席（しゅっせき）しました。

kyo.u.wa.mi.na.shu.sse.ki.shi.ma.shi.ta.

今天大家都出席了。

皆（みな）さん、見（み）てください。

mi.na.sa.n./mi.te.ku.da.sa.i.

大家，請看一下。

みなが感動（かんどう）しました。

mi.na.ga.ka.n.do.u.shi.ma.shi.ta.

大家都感動了。

相關單字

みんな mi.n.na. 大家、全部

全部（ぜんぶ） ze.n.bu. 全部

耳（みみ）

mi.mi.

耳朵

例句

このことは初耳（はつみみ）だ。

ko.no.ko.to.wa.ha.tsu.mi.mi.da.

這件事是第一次聽説。

耳（みみ）が痛（いた）い話（はなし）。

mi.mi.ga.i.ta.i.ha.na.shi.

刺耳的話。

友達（ともだち）の噂（うわさ）を耳（みみ）にした。

to.mo.da.chi.no.u.wa.sa.o.mi.mi.ni.shi.ta.

聽到朋友的八卦。

この事（こと）を彼（かれ）の耳（みみ）に入（い）れる。

ko.no.ko.to.o.ka.re.no.mi.mi.ni.i.re.ru.

把這件事告訴他。

相關單字

目（め） me 眼睛

鼻（はな） ha.na. 鼻子

見(み)る

mi.ru.

看

例句

昔(むかし)の写真(しゃしん)を見(み)る。

mu.ka.shi.no.sha.shi.n.o.mi.ru.

看以前的照片。

何(なに)を見(み)ていますか？

na.ni.o.mi.te.i.ma.su.ka.

正在看甚麼呢？

試合(しあい)の結果(けっか)を見(み)ました。

shi.a.i.no.ke.kka.o.mi.ma.shi.ta.

看了比賽的結果了。

雪(ゆき)を見(み)たことはないです。

yu.ki.o.mi.ta.ko.to.wa.na.i.de.su.

沒有看過雪。

相關單字

読(よ)む yo.mu. 讀

覗(のぞ)く no.zo.ku. 窺視

魅力(みりょく)

mi.ryo.ku.

魅力、有吸引力

例句

これは魅力(みりょく)ある商品(しょうひん)です。

ko.re.wa.mi.ryo.ku.a.ru.sho.u.hi.n.de.su.

這是有吸引力的商品。

この本(ほん)は私(わたし)には魅力(みりょく)がある。

ko.no.ho.n.wa.wa.ta.shi.ni.wa.mi.ryo.ku.ga.a.ru.

這本書對我有吸引力。

彼(かれ)に魅力(みりょく)を感(かん)じます。

ka.re.ni.mi.ryo.ku.o.ka.n.ji.ma.su.

覺得他有魅力。

魅力(みりょく)ある授業(じゅぎょう)がたくさんある。

mi.ryo.ku.a.ru.ju.gyo.u.ga.ta.ku.sa.n.a.ru.

有很多吸引人的課程。

相關單字

魅了(みりょう) mi.ryo.u. 使入迷、吸引

昔

mu.ka.shi.

從前、以前

例句

私は、昔東京に住んでいた。

wa.ta.shi.wa./mu.ka.shi.to.u.kyo.u.ni.su.n.de.i.ta.

我以前住在東京。

これは昔の写真です。

ko.re.wa.mu.ka.shi.no.sha.shi.n.de.su.

這是以前的照片。

昔のことを思い出しました。

mu.ka.shi.no.ko.to.o.o.mo.i.da.shi.ma.shi.ta.

想起從前的事。

昔の友達に連絡する。

mu.ka.shi.no.to.mo.da.chi.ni.re.n.ra.ku.su.ru.

聯絡以前的朋友。

相關單字

今 i.ma. 現在

最近 sa.i.ki.n. 最近

むかつく

mu.ka.tsu.ku.

生氣、噁心

例句

胸（むね）がむかついてたまらない。

mu.ne.ga.mu.ka.tsu.i.te.ta.ma.ra.na.i.

感覺噁心的不得了。

あの人（ひと）を見（み）るとむかついてくる。

a.no.hi.to.o.mi.ru.to.mu.ka.tsu.i.te.ku.ru.

看到那個人就生氣。

これは本当（ほんとう）にむかつく話（はなし）だ。

ko.re.wa.ho.n.to.u.ni.mu.ka.tsu.ku.ha.na.shi.da.

這是個令人生氣的事。

むかつく理由（りゆう）を説明（せつめい）してください。

mu.ka.tsu.ku.ri.yu.u.o.se.tsu.me.i.shi.te.ku.da.sa.i.

請説明生氣的理由。

相關單字

腹（はら）が立（た）つ　ha.ra.ga.ta.tsu.　生氣

吐（は）き気（け）　ha.ki.ke.　噁心

向こう

mu.ko.u

對面、那邊、對方

例句

向こうの店へ行く。

mu.ko.u.no.mi.se.e.i.ku.

去對面的店家。

向こうに渡りましょう。

mu.ko.u.ni.wa.ta.ri.ma.sho.u.

過去對面吧。

向こうは誰がいますか？

mu.ko.u.wa.da.re.ga.i.ma.su.ka.

那邊有誰在？

この話は向こうにも教えてください。

ko.no.ha.na.shi.wa.mu.ko.u.ni.mo.o.shi.e.te.ku.da.sa.i.

也請把這件事告訴對方。

相關單字

こちら ko.chi.ra. 這邊

mu.zu.ka.shi.i.

困難、麻煩

例句

この問題(もんだい)は難(むずか)しいです。

ko.no.mo.n.da.i.wa.mu.zu.ka.shi.i.de.su.

這個問題很難。

この研究(けんきゅう)は難(むずか)しくてあまり進(すす)んでいない。

ko.no.ke.n.kyu.u.wa.mu.zu.ka.shi.ku.te.a.ma.ri.su.su.n.de.i.na.i.

因為這研究很難而沒甚麼進展。

難(むずか)しい内容(ないよう)だから読(よ)めない。

mu.zu.ka.shi.i.na.i.yo.u.da.ka.ra.yo.me.na.i.

內容太難了讀不下去。

解約(かいやく)の手続(てつづ)きは難(むずか)しいです。

ka.i.ya.ku.no.te.tsu.zu.ki.wa.mu.zu.ka.shi.i.de.su.

解約的手續很麻煩。

相關單字

簡単(かんたん)　ka.n.ta.n.　簡單

無駄（むだ）

mu.da.

白費、浪費

例句

すべての努力（どりょく）が無駄（むだ）になった。

su.be.te.no.do.ryo.ku.ga.mu.da.ni.na.tta.

全部的努力都白費了。

また無駄（むだ）なことをしてしまった。

ma.ta.mu.da.na.ko.to.o.shi.te.shi.ma.tta.

又做了白費的事了。

食（た）べ物（もの）を無駄（むだ）にしてはいけないです。

ta.be.mo.no.o.mu.da.ni.shi.te.wa.i.ke.na.i.de.su.

不可以浪費食物。

お金（かね）を無駄（むだ）にしないで。

o.ka.ne.o.mu.da.ni.shi.na.i.de.

請不要浪費錢。

相關單字

無駄遣（むだづか）い　mu.da.zu.ka.i.　浪費

夢中（むちゅう）

mu.chu.u.

熱中、著迷

例句

最近（さいきん）は読書（どくしょ）に夢中（むちゅう）だ。

sa.i.ki.n.wa.do.ku.sho.ni.mu.chu.u.da.

最近熱中於閱讀。

彼（かれ）は仕事（しごと）に夢中（むちゅう）になっている。

ka.re.wa.shi.go.to.ni.mu.chu.u.ni.na.tte.i.ru.

他熱中於工作。

何（なに）にも夢中（むちゅう）にならない。

na.ni.ni.mo.mu.chu.u.ni.na.ra.na.i.

對甚麼都不熱中。

私（わたし）はあの女性（じょせい）に夢中（むちゅう）になっている。

wa.ta.shi.wa.a.no.jo.se.i.ni.mu.chu.u.ni.na.tte.i.ru.

我對那位女性著迷。

相關單字

熱中（ねっちゅう） ne.cchu.u. 熱中、專心

無理（むり）

mu.ri.

無理、勉強

例句

これは無理（むり）な要求（ようきゅう）です。

ko.re.wa.mu.ri.na.yo.u.kyu.u.de.su.

這是不合理的要求。

明日（あす）までに完成（かんせい）するのは無理（むり）だろう。

a.shi.ta.ma.de.ni.ka.n.se.i.su.ru.no.wa.mu.ri.da.ro.u.

明天之前要完成是不可能的吧。

食（た）べられない時（とき）は無理（むり）しないでください。

ta.be.ra.re.na.i.to.ki.wa.mu.ri.shi.na.i.de.ku.da.sa.i.

如果吃不下的話就請不要勉強。

無理（むり）してパーティーに参加（さんか）した。

mu.ri.shi.te.pa.a.ti.i.ni.sa.n.ka.shi.ta.

勉強參加了派對。

相關單字

無理（むり）やり　mu.ri.ya.ri.　強迫

迷惑（めいわく）

me.i.wa.ku.

麻煩、為難

例句

他人（たにん）に迷惑（めいわく）をかけないでください。

ta.ni.n.ni.me.i.wa.ku.o.ka.ke.na.i.de.ku.da.sa.i.

請不要為難他人。

友達（ともだち）に迷惑（めいわく）をかけた。

to.mo.da.chi.ni.me.i.wa.ku.o.ka.ke.ta.

麻煩了朋友。

誰（だれ）にも迷惑（めいわく）をかけたくない。

da.re.ni.mo.me.i.wa.ku.o.ka.ke.ta.ku.na.i.

誰都不想麻煩。

それは迷惑（めいわく）なことだ。

so.re.wa.me.i.wa.ku.na.ko.to.da.

那是讓人困擾的事情。

相關單字

邪魔（じゃま） ja.ma. 妨礙、打擾

眼鏡（めがね）

me.ga.ne.

眼鏡

例句

彼（かれ）は眼鏡（めがね）を掛（か）けている。

ka.re.wa.me.ga.ne.o.ka.ke.te.i.ru.

他戴著眼鏡。

私（わたし）は眼鏡（めがね）を掛（か）けないと見（み）えない。

wa.ta.shi.wa.me.ga.ne.o.ka.ke.na.i.to.mi.e.na.i.

我不戴眼鏡的話就看不見。

眼鏡（めがね）を外（はず）す。

me.ga.ne.o.ha.zu.su.

摘掉眼鏡。

老眼用（ろうがんよう）の眼鏡（めがね）を掛（か）ける。

ro.u.ga.n.yo.u.no.me.ga.ne.o.ka.ke.ru.

戴老花眼用的眼鏡。

相關單字

近視（きんし） ki.n.shi. 近視

遠視（えんし） e.n.shi. 遠視

めざ
目指す

me.za.su.

以～為目標

例句

わたしいちりゅうだいがく　めざ
私は一流大学を目指します。
wa.ta.shi.wa.i.chi.ryu.u.da.i.ga.ku.o.me.za.shi.ma.su.

我以進一流大學為目標。

かれ　やきゅうせんしゅ　めざ
彼は野球選手を目指す。
ka.re.wa.ya.kyu.u.se.n.shu.o.me.za.su.

他以當棒球選手為目標。

かいがいりゅうがく　めざ　がんば
海外留学を目指して頑張る。
ka.i.ga.i.ryu.u.ga.ku.o.me.za.shi.te.ga.n.ba.ru.

以國外留學為目標而努力。

めざ　ひゃくさつ　ほん　よ
目指すは百冊の本を読むことだ。
me.za.su.wa.hya.ku.sa.tsu.no.ho.n.o.yo.mu.ko.to.da.

目標是讀一百本的書。

相關單字

もくひょう
目標　mo.ku.hyo.u.　目標

Track 126

珍(めずら)しい

me.zu.ra.shi.i.

珍貴的、難得的、新奇的

例句

これは珍(めずら)しい現象(げんしょう)です。

ko.re.wa.me.zu.ra.shi.i.ge.n.sho.u.de.su.

這是難得的現象。

彼(かれ)は珍(めずら)しく勉強(べんきょう)している。

ka.re.wa.me.zu.ra.shi.ku.be.n.kyo.u.shi.te.i.ru.

他很難得地在用功。

これはとても珍(めずら)しい花瓶(かびん)だ。

ko.re.wa.to.te.mo.me.zu.ra.shi.i.ka.bi.n.da.

這是非常珍貴的花瓶。

海外留学(かいがいりゅうがく)はもう珍(めずら)しくないです。

ka.i.ga.i.ryu.u.ga.ku.wa.mo.u.me.zu.ra.shi.ku.na.i.de.su.

國外留學已經不是甚麼新奇的事了。

相關單字

目新(めあたら)しい　me.a.ta.ra.shi.i.　新奇的

目立つ

me.da.tsu.

顯眼、引人注目的、明顯

例句

あの人は目立つ服を着ている。

a.no.hi.to.wa.me.da.tsu.fu.ku.o.ki.te.i.ru.

他穿著引人注目的衣服。

このビルはとても目立つ。

ko.no.bi.ru.wa.to.te.mo.me.da.tsu.

這棟大樓很顯眼。

足の傷あとが目立つ。

a.shi.no.ki.zu.a.to.ga.me.da.tsu.

腳上的傷疤很明顯。

相關單字

際立つ　ki.wa.da.tsu.　顯眼

面倒（めんどう）

me.n.do.u

麻煩、照顧

例句

これは面倒（めんどう）なことだな。

ko.re.wa.me.n.do.u.na.ko.to.da.na.

真是麻煩的事情啊。

面倒（めんどう）な問題（もんだい）を解決（かいけつ）した。

me.n.do.u.na.mo.n.da.i.o.ka.i.ke.tsu.shi.ta.

解決了麻煩的問題。

私（わたし）は面倒（めんどう）なことが嫌（いや）です。

wa.ta.shi.wa.me.n.do.u.na.ko.to.ga.i.ya.de.su.

我討厭麻煩的事情。

私（わたし）は弟（おとうと）の面倒（めんどう）を見（み）る。

wa.ta.shi.wa.o.to.u.to.no.me.n.do.u.o.mi.ru.

我照顧弟弟。

相關單字

厄介（やっかい） ya.kka.i. 麻煩的

滅茶苦茶

me.cha.ku.cha.

亂七八糟

例句

滅茶苦茶忙しくて休む時間もない。

me.cha.ku.cha.i.so.ga.shi.ku.te.ya.su.mu.ji.ka.n.mo.na.i.

忙得亂七八糟連休息的時間也沒有。

この内容はとても滅茶苦茶だ。

ko.no.na.i.yo.u.wa.to.te.mo.me.cha.ku.cha.da.

這個內容非常的雜亂。

部屋が滅茶苦茶に散らかっている。

he.ya.ga.me.cha.ku.cha.ni.chi.ra.ka.tte.i.ru.

房間亂七八糟的。

私の生活はとても滅茶苦茶だ。

wa.ta.shi.no.se.i.ka.tsu.wa.to.te.mo.me.cha.ku.cha.da.

我的生活很亂七八糟。

相關單字

めちゃめちゃ　me.cha.me.cha.　亂七八糟

目的（もくてき）

mo.ku.te.ki.

目的、目標

例句

これは私（わたし）の目的（もくてき）だ。

ko.re.wa.wa.ta.shi.no.mo.ku.te.ki.da.

這個就是我的目的。

やっと目的（もくてき）を果（は）たした。

ya.tto.mo.ku.te.ki.o.ha.ta.shi.ta.

終於達到目標了。

特（とく）に目的（もくてき）がないが英語試験（えいごしけん）を受（う）けた。

to.ku.ni.mo.ku.te.ki.ga.na.i.ga.e.i.go.shi.ke.n.o.u.ke.ta.

沒有特別的目的而考了英文考試。

旅行（りょこう）の目的（もくてき）は何（なん）ですか？

ryo.ko.u.no.mo.ku.te.ki.wa.na.n.de.su.ka.

旅行的目的是甚麼？

相關單字

目標（もくひょう） mo.ku.hyo.u. 目標

もし

mo.shi.

如果、假使

例句

もし時間(じかん)があれば、私(わたし)は参加(さんか)する。

mo.shi.ji.ka.n.ga.re.ba./wa.ta.shi.wa.sa.n.ka.su.ru.

如果有時間的話，我就參加。

もし値段(ねだん)が高(たか)いなら買(か)わない。

mo.shi.ne.da.n.ga.ta.ka.i.na.ra.ka.wa.na.i.

如果價格貴的話就不買。

もし彼(かれ)が来(き)たら、私(わたし)に連絡(れんらく)してください。

mo.shi.ka.re.ga.ki.ta.ra./wa.ta.shi.ni.re.n.ra.ku.shi.

te.ku.da.sa.i.

如果他來的話請跟我聯絡。

私(わたし)はもし卒業(そつぎょう)したら海外旅行(かいがいりょこう)する。

wa.ta.shi.wa.mo.shi.so.tsu.gyo.u.shi.ta.ra.ka.i.ga.

i.ryo.ko.u.su.ru.

我如果畢業的話就要去國外旅行。

相關單字

仮(かり)に　ka.ri.ni.　假設

もちろん

mo.chi.ro.n.

當然

例句

私(わたし)はもちろん参加(さんか)する。

wa.ta.shi.wa.mo.chi.ro.n.sa.n.ka.su.ru.

我當然會參加。

今度(こんど)はもちろん勝(か)ちます。

ko.n.do.wa.mo.chi.ro.n.ka.chi.ma.su.

這是當然會贏。

もちろんあの人(ひと)を許(ゆる)せません。

mo.chi.ro.n.a.no.hi.to.o.yu.ru.se.ma.se.n.

當然不能原諒那個人。

私(わたし)はもちろんこの計画(けいかく)に賛成(さんせい)する。

wa.ta.shi.wa.mo.chi.ro.n.ko.no.ke.i.ka.ku.ni.sa.n.se.i.su.ru.

我當然贊成這個計畫。

相關單字

当然(とうぜん) to.u.ze.n. 當然

mo.tsu.

拿、持有

例句

この荷物(にもつ)は重(おも)くて持(も)てない。

ko.no.ni.mo.tsu.wa.o.mo.ku.te.mo.te.na.i.

這個行李太重而拿不動。

私(わたし)は運転免許(うんてんめんきょ)を持(も)っていないです。

wa.ta.shi.wa.u.n.te.n.me.n.kyo.o.mo.tte.i.na.i.de.su.

我沒有駕照。

彼(かれ)は大(おお)きなカバンを持(も)っている。

ka.re.wa.o.o.ki.na.ka.ba.n.o.mo.tte.i.ru.

他拿著一個大包包。

ちょっとこれを持(も)ってください。

cho.tto.ko.re.o.mo.tte.ku.da.sa.i.

請拿一下這個。

相關單字

捕(つか)まえる　tsu.ka.ma.e.ru.　捉住

握(にぎ)る　ni.gi.ru.　握

もっと

mo.tto.

更

例句

もっと安(やす)いのはありませんか？

mo.tto.ya.su.i.no.wa.a.ri.ma.se.n.ka.

有沒有更便宜一點的？

もっと頑張(がんば)ってください。

mo.tto.ga.n.ba.tte.ku.da.sa.i.

請更加油。

今回(こんかい)の試験(しけん)はもっと難(むずか)しい。

ko.n.ka.i.no.shi.ke.n.wa.mo.tto.mu.zu.ka.shi.i.

這次的考試更難。

もっと理解(りかい)できた。

mo.tto.ri.ka.i.de.ki.ta.

更了解了。

相關單字

更(さら)に　sa.ra.ni.　更加、又

戻る

mo.do.ru.

返回、恢復、回家

例句

また原点に戻った。

ma.ta.ge.n.te.n.ni.mo.do.tta.

又回到原點了。

弟はまだ家に戻っていない。

o.to.u.to.wa.ma.da.i.e.ni.mo.do.tte.i.na.i.

弟弟還沒回家。

元の様子に戻ってください。

mo.to.no.yo.u.su.ni.mo.do.tte.ku.da.sa.i.

請回復成原來的樣子。

高校時代に戻りたい。

ko.u.ko.u.ji.da.i.ni.mo.do.ri.ta.i.

想回到高中時代。

相關單字

帰る　ka.e.ru.　回家

文句（もんく）

mo.n.ku.

不平、不滿

例句

あの人（ひと）はよく文句（もんく）を言（い）うんだ。

a.no.hi.to.wa.yo.ku.mo.n.ku.o.i.u.n.da.

那個人總是在抱怨。

仕事（しごと）に文句（もんく）を言（い）わないでください。

shi.go.to.ni.mo.n.ku.o.i.wa.na.i.de.ku.da.sa.i.

請不要抱怨工作。

彼（かれ）はあまり文句（もんく）を言（い）わない人（ひと）だ。

ka.re.wa.a.ma.ri.mo.n.ku.o.i.wa.na.i.hi.to.da.

他是個不太抱怨的人。

母（はは）は朝（あさ）からずっと文句（もんく）を言（い）っている。

ha.ha.wa.a.sa.ka.ra.zu.tto.mo.n.ku.o.i.tte.i.ru.

媽媽從早上開始就一直發牢騷。

相關單字

愚痴（ぐち）　gu.chi.　怨言、牢騷

日本人最常用的
五十音單字

やくそく
約束

ya.ku.so.ku.

約定

例句

やくそく　まも
約束を守ってください。

ya.ku.so.ku.o.ma.mo.tte.ku.da.sa.i.

請遵守約定。

ともだち　いっしょ　い　やくそく
友達と一緒に行く約束をした。

to.mo.da.chi.to.i.ssho.ni.i.ku.ya.ku.so.ku.o.shi.ta.

和朋友約好了要一起去。

かれ　やくそく　やぶ
彼は約束を破った。

ka.re.wa.ya.ku.so.ku.o.ya.bu.tta.

他打破了約定。

やくそく　まも　ひと　しんよう
約束を守らない人は信用できない。

ya.ku.so.ku.o.ma.mo.ra.na.i.hi.to.wa.shi.n.yo.u.de.

ki.na.i.

不遵守約定的人不能信賴。

相關單字

けいやく
契約　ke.i.ya.ku.　契約、合約

安い

ya.su.i.

便宜的

例句

この靴は安いです。

ko.no.ku.tsu.wa.ya.su.i.de.su.

這雙鞋很便宜。

この本はあまり安くない。

ko.no.ho.n.wa.a.ma.ri.ya.su.ku.na.i.

這本書不太便宜。

値段が安いけど品質はよくない。

ne.da.n.ga.ya.su.i.ke.do.hi.n.shi.tsu.wa.yo.ku.na.i.

價格很便宜但是品質不好。

この店で一番安い商品はこれです。

ko.no.mi.se.de.i.chi.ba.n.ya.su.i.sho.u.hi.n.wa.ko.re.de.su.

這家店最便宜的商品是這個。

相關單字

高い　ta.ka.i.　貴、高

休(やす)む

ya.su.mu.

休息、缺席、放假、睡覺

例句

ちょっと休(やす)みたい。

cho.tto.ya.su.mi.ta.i.

想要休息一下。

風(かぜ)を引(ひ)いたので学校(がっこう)を休(やす)んだ。

ka.ze.o.hi.i.ta.no.de.ga.kko.u.o.ya.su.n.da.

因為感冒了所以沒去上學。

明日(あした)学校(がっこう)を休(やす)みます。

a.shi.ta.ga.kko.u.o.ya.su.mi.ma.su.

明天向學校請假。

お休(やす)みなさい。

o.ya.su.mi.na.sa.i.

晚安。

相關單字

休憩(きゅうけい) kyu.u.ke.i. 休息

痩せる

ya.se.ru.

痩

例句

最近は忙しすぎて痩せた。

sa.i.ki.n.wa.i.so.ga.shi.su.gi.te.ya.se.ta.

最近很忙所以瘦了。

私は三キロ痩せたい。

wa.ta.shi.wa.sa.n.ki.ro.ya.se.ta.i.

我想要瘦三公斤。

どうすれば痩せられますか？

do.u.su.re.ba.ya.se.ra.re.ma.su.ka.

要怎麼做才會變瘦呢？

ダイエットをしているのに痩せない。

da.i.e.tto.o.shi.te.i.ru.no.ni.ya.se.na.i.

有在減肥卻沒有變瘦。

相關單字

太る　fu.to.ru.　胖

破(やぶ)る

ya.bu.ru.

弄破、打破、破壞

例句

袋(ふくろ)を破(やぶ)ってしまった。

fu.ku.ro.o.ya.bu.tte.shi.ma.tta.

袋子破掉了。

ルールを破(やぶ)らないでください。

ru.u.ru.o.ya.bu.ra.na.i.de.ku.da.sa.i.

請不要破壞規定。

紙(かみ)を破(やぶ)る。

ka.mi.o.ya.bu.ru.

把紙撕破。

彼(かれ)の発言(はつげん)が沈黙(ちんもく)を破(やぶ)った。

ka.re.no.ha.tsu.ge.n.ga.chi.n.mo.ku.o.ya.bu.tta.

他的發言打破了沉默。

相關單字

壊(こわ)す　ko.wa.su.　弄壞、破壞

止(や)める

ya.me.ru.

停止、作罷

例句

喧嘩(けんか)を止(や)めてください。

ke.n.ka.o.ya.me.te.ku.da.sa.i.

請停止吵架。

この研究(けんきゅう)を止(や)めたい。

ko.no.ke.n.kyu.u.o.ya.me.ta.i.

想要停止這個研究。

タバコを止(や)めたほうがいいよ。

ta.ba.ko.o.ya.me.ta.ho.u.ga.i.i.yo.

戒掉吸菸會比較好喔。

会議(かいぎ)を止(や)める。

ka.i.gi.o.ya.me.ru.

終止會議。

相關單字

続(つづ)ける　tsu.zu.ke.ru.　繼續

遣る

ya.ru.

做

例句

今は宿題をやっている。

i.ma.wa.shu.ku.da.i.o.ya.tte.i.ru.

現在在做作業。

仕事をやる。

shi.go.to.o.ya.ru.

做工作。

一応やってみます。

i.chi.o.u.ya.tte.mi.ma.su.

姑且做看看。

あの人は何をやっているの？

a.no.hi.to.wa.na.ni.o.ya.tte.i.ru.no.

那個人在做甚麼？

相關單字

する su.ru. 做

ゆうべ
昨夜

yu.u.be

昨晩

例句

ゆうべ　なに
昨夜は何をしていたの？

yu.u.be.wa.na.ni.o.shi.te.i.ta.no.

昨晚做了甚麼？

ゆうべ　ともだち　いえ　と
昨夜は友達の家に泊まった。

yu.u.be.wa.to.mo.da.chi.no.i.e.ni.to.ma.tta.

昨晚在朋友家過夜了。

ゆうべ　ねむ
昨夜はあまり眠れなかった。

yu.u.be.wa.a.ma.ri.ne.mu.re.na.ka.tta.

昨晚睡不太著。

ゆうべ　しごと　いそが
昨夜は仕事で忙しかった。

yu.u.be.wa.shi.go.to.de.i.so.ga.shi.ka.tta.

昨晚因為工作很忙。

相關單字

こんや
今夜　ko.n.ya.　今晚

有名(ゆうめい)

yu.u.me.i.

有名、著名

例句

あの人(ひと)はとても有名(ゆうめい)です。

a.no.hi.to.wa.to.te.mo.yu.u.me.i.de.su.

那個人非常有名。

ここは有名(ゆうめい)な観光地(かんこうち)です。

ko.ko.wa.yu.u.me.i.na.ka.n.ko.u.chi.de.su.

這裡是有名的觀光地。

彼(かれ)はあまり有名(ゆうめい)じゃない芸能人(げいのうじん)だ。

ka.re.wa.a.ma.ri.yu.u.me.i.ja.na.i.ge.i.no.u.ji.n.da.

他是不太有名的藝人。

夏目漱石(なつめそうせき)は有名(ゆうめい)な日本文学作家(にほんぶんがくさっか)だ。

na.tsu.me.so.u.se.ki.wa.yu.u.me.i.na.ni.ho.n.bu.

n.ga.ku.sa.kka.da.

夏目漱石有名的日本作家。

相關單字

無名(むめい)　mu.me.i.　無名、不著名

雪

ゆき

yu.ki.

雪

例句

今雪が降っています。

i.ma.yu.ki.ga.fu.tte.i.ma.su.

現在正在下雪。

雪が止みました。

yu.ki.ga.ya.mi.ma.shi.ta.

雪停了。

雪が積もっているので歩きにくい。

yu.ki.ga.tsu.mo.tte.i.ru.no.de.a.ru.ki.ni.ku.i.

積了雪所以很難走路。

今朝は雪が積もっていたが、今はもう溶けた。

ke.sa.wa.yu.ki.ga.tsu.mo.tte.i.ta.ga./i.ma.wa.mo.u.to.ke.ta.

早上積了雪但現在已經融化了。

相關單字

雪だるま　yu.ki.da.ru.ma.　雪人

油断（ゆだん）

yu.da.n.

粗心大意、疏忽

例句

油断（ゆだん）しないでください。

yu.da.n.shi.na.i.de.ku.da.sa.i.

請不要粗心大意。

油断（ゆだん）してはだめです。

yu.da.n.shi.te.wa.da.me.de.su.

不可以大意。

試験（しけん）で油断（ゆだん）して合格（ごうかく）できなかった。

shi.ke.n.de.yu.da.n.shi.te.go.u.ka.ku.de.ki.na.ka.tta.

在考試的時候粗心而沒能考上。

油断（ゆだん）して遅刻（ちこく）してしまった。

yu.da.n.shi.te.chi.ko.ku.shi.te.shi.ma.tta.

不小心疏忽然後就遲到了。

相關單字

不注意（ふちゅうい） fu.chu.u.i. 不注意、不小心

ゆっくり

yu.kku.ri.

慢慢地、充分

例句

駅(えき)までゆっくり歩(ある)いていく。

e.ki.ma.de.yu.kku.ri.a.ru.i.te.i.ku.

慢慢地走去車站。

もっとゆっくり話(はな)してください。

mo.tto.yu.kku.ri.ha.na.shi.te.ku.da.sa.i.

請再說慢一點。

ゆっくり休(やす)んでください。

yu.kku.ri.ya.su.n.de.ku.da.sa.i.

請好好地休息。

週末(しゅうまつ)は家(いえ)でゆっくり休(やす)みたい。

shu.u.ma.tsu.wa.i.e.de.yu.kku.ri.ya.su.mi.ta.i.

周末想在家裡好好休息。

相關單字

のんびり　no.n.bi.ri.　悠然自在

夢（ゆめ）

yu.me.

夢、夢想、理想

例句

私（わたし）の夢（ゆめ）は歌手（かしゅ）になることです。

wa.ta.shi.no.yu.me.wa.ka.shu.ni.na.ru.ko.to.de.su.

我的夢想是當歌手。

面白（おもしろ）い夢（ゆめ）を見（み）た。

o.mo.shi.ro.i.yu.me.o.mi.ta.

夢見有趣的夢。

やっと留学（りゅうがく）の夢（ゆめ）が叶（かな）った。

ya.tto.ryu.u.ga.ku.no.yu.me.ga.ka.na.tta.

終於實現了留學的夢想。

大（おお）きな夢（ゆめ）を持（も）っています。

o.o.ki.na.yu.me.o.mo.tte.i.ma.su.

懷有遠大的理想。

相關單字

理想（りそう） ri.so.u. 理想

許す

yu.ru.su.

准許、原諒

例句

遊園地へ行きたいけど父さんは許さない。

yu.u.e.n.chi.e.i.ki.ta.i.ke.do.to.u.sa.n.wa.yu.ru.sa.na.i.

想去遊樂園但是爸爸不准。

お時間が許しましたら、是非お越しください。

o.ji.ka.n.ga.yu.ru.shi.ma.shi.ta.ra./ze.hi.o.ko.shi.ku.da.sa.i.

如果時間准許的話請您一定要來。

妹の間違いを許しました。

i.mo.u.to.no.ma.chi.ga.i.o.yu.ru.shi.ma.shi.ta.

原諒了妹妹的錯。

相關單字

勘弁 ka.n.be.n. 原諒

許可 kyo.ka. 許可

用意（ようい）

yo.u.i.

準備

例句

明日（あした）の会議資料（かいぎしりょう）の用意（ようい）はできました。

a.shi.ta.no.ka.i.gi.shi.ryo.u.no.yo.u.i.wa.de.ki.ma.shi.ta.

已經準備好明天的開會資料。

早（はや）く用意（ようい）してください。

ha.ya.ku.yo.u.i.shi.te.ku.da.sa.i.

請早點準備。

旅行（りょこう）の荷物（にもつ）を用意（ようい）する。

ryo.ko.u.no.ni.mo.tsu.o.yo.u.i.su.ru.

準備旅行的行李。

これは明日（あした）までに用意（ようい）できる。

ko.re.wa.a.shi.ta.ma.de.ni.yo.u.i.de.ki.ru.

這個我明天之前就能準備好。

相關單字

準備（じゅんび）　ju.n.bi.　準備

用事(ようじ)

yo.u.ji.

事情、工作

例句

ちょっと用事(ようじ)があるので先(さき)に帰(かえ)ります。

cho.tto.yo.u.ji.ga.a.ru.no.de.sa.ki.ni.ka.e.ri.ma.su.

因為稍微有點事所以先回去。

大切(たいせつ)な用事(ようじ)があって会社(かいしゃ)を休(やす)ませてもらった。

ta.i.se.tsu.na.yo.u.ij.ga.a.tte.ka.i.sha.o.ya.su.ma.se.

te.mo.ra.tta.

有重要的事所以向公司請假。

今日(きょう)用事(ようじ)がないのでのんびりしていた。

kyo.u.yo.u.ji.ga.na.i.no.de.no.n.bi.ri.shi.te.i.ta.

今天沒有事情所以很悠哉。

後(あと)で用事(ようじ)があります。

a.to.de.yo.u.ji.ga.a.ri.ma.su.

等一下有事情。

相關單字

用件(ようけん)　yo.u.ke.n.　事情

よく

yo.ku.

好好地、經常

例句

この本(ほん)をよく読(よ)んでください。

ko.no.ho.n.o.yo.ku.yo.n.de.ku.da.sa.i.

請好好地讀這本書。

私(わたし)はよくこの店(みせ)に来(く)る。

wa.ta.shi.wa.yo.ku.ko.no.mi.se.ni.ku.ru.

我常常來這家店。

彼(かれ)はよく遅刻(ちこく)します。

ka.re.wa.yo.ku.chi.ko.ku.shi.ma.su.

他經常遲到。

私(わたし)によく考(かんが)えさせてください。

wa.ta.shi.ni.yo.ku.ka.n.ga.e.sa.se.te.ku.da.sa.i.

請讓我好好地想一想。

相關單字

しばしば　shi.ba.shi.ba.　常常

しょっちゅう　sho.cchu.u.　總是、經常

yo.so.u.

預想、預測

例句

試合の結果を予想した。

shi.a.i.no.ke.kka.o.yo.so.u.shi.ta.

預想了比賽的結果。

これからどうなるか予想できない。

ko.re.ka.ra.do.u.na.ru.ka.yo.so.u.de.ki.na.i.

無法預想接下來會怎麼樣。

この本の内容は私の予想と違っている。

ko.no.ho.n.no.na.i.yo.u.wa.wa.ta.shi.no.yo.so.u.to.

chi.ga.tte.i.ru.

這本書的內容和我預想的不一樣。

実際の状況を予想してください。

ji.ssa.i.no.jo.u.kyo.u.o.yo.so.u.shi.te.ku.da.sa.i.

請預想實際的狀況。

相關單字

予測 yo.so.ku. 預測

呼ぶ

yo.bu.

稱呼、呼喚、邀請

例句

あの人はみんなに英雄と呼ばれている。

a.no.hi.to.wa.mi.n.na.ni.e.i.yu.u.to.yo.ba.re.te.i.ru.

那個人被大家稱做為英雄。

タクシーを呼びました。

ta.ku.shi.i.o.yo.bi.ma.shi.ta.

叫了計程車。

彼を呼んで一緒に食事する。

ka.re.o.yo.n.de.i.ssho.ni.sho.ku.ji.su.ru.

邀他一起吃飯。

今日は知らない人に先生と呼ばれた。

kyo.u.wa.shi.ra.na.i.hi.to.ni.se.n.se.i.to.yo.ba.re.ta.

今天被不認識的人叫了一聲老師。

相關單字

呼称　ko.sho.u.　稱為、名稱

yo.mu.

讀、閱讀

例句

私（わたし）はこの字（じ）が読（よ）めません。

wa.ta.shi.wa.ko.no.ji.ga.yo.me.ma.se.n.

我不會念這個字。

今（いま）は小説（しょうせつ）を読（よ）んでいる。

i.ma.wa.sho.u.se.tsu.o.yo.n.de.i.ru.

現在正在看小說。

この内容（ないよう）を読（よ）んでください。

ko.no.na.i.yo.u.o.yo.n.de.ku.da.sa.i.

請讀一下這個內容。

この本（ほん）をもう一度（いちど）読（よ）みたいです。

ko.no.ho.n.o.mo.u.i.chi.do.yo.mi.ta.i.de.su.

想再讀一次這本書。

相關單字

読書（どくしょ）　do.ku.sho.　讀書

弱(よわ)い

yo.wa.i.

弱的、不擅長的、禁不起

例句

姉(ねえ)さんの体(からだ)は弱(よわ)いです。

ne.e.sa.n.no.ka.ra.da.wa.yo.wa.i.de.su.

姊姊的身體很虛弱。

彼(かれ)は意志(いし)が弱(よわ)い人(ひと)だ。

ka.re.wa.i.shi.ga.yo.wa.i.hi.to.da.

他是意志薄弱的人。

私(わたし)はお酒(さけ)が弱(よわ)い。

wa.ta.shi.wa.o.sa.ke.ga.yo.wa.i.

我不太會喝酒。

この材質(ざいしつ)は熱(ねつ)に弱(よわ)い。

ko.no.za.i.shi.tsu.wa.ne.tsu.ni.yo.wa.i.

這個材質不太耐熱。

相關單字

強(つよ)い　tsu.yo.i.　強的

予定

yo.te.i.

預定

例句

明日の予定は何ですか？

a.shi.ta.no.yo.te.i.wa.na.n.de.su.ka.

明天的安排是甚麼？

この後、何か予定あるの？

ko.no.a.to./na.ni.ka.yo.te.i.a.ru.no.

這之後有甚麼預定的事嗎？

来週海外旅行に行く予定がある。

ra.i.shu.u.ka.i.ga.i.ryo.ko.u.ni.i.ku.yo.te.i.ga.a.ru.

預定下周出國旅行。

八時に出発する予定です。

ha.chi.ji.ni.shu.ppa.tsu.su.ru.yo.te.i.de.su.

預定八點出發。

相關單字

予定日　yo.te.i.bi.　預定日期

よる
夜

yo.ru.

晚上

例句

わたし まいにちよる えいご べんきょう
私は毎日夜、英語を勉強しています。

wa.ta.shi.wa.ma.i.ni.chi.yo.ru./e.i.go.o.be.n.kyo.u.shi.te.i.ma.su.

我每天晚上學英文。

よるおそ ざんぎょう
夜遅くまで残業する。

yo.ru.o.so.ku.ma.de.za.n.gyo.u.su.ru.

加班到很晚。

いえ つ よるくじ
家に着いたときもう夜九時になっていた。

i.e.ni.tsu.i.ta.to.ki.mo.u.yo.ru.ku.ji.ni.na.tte.i.ta.

到家的時候已經是晚上九點了。

きょう あさ よる はたら
今日は朝から夜まで働いていた。

kyo.u.wa.a.sa.ka.ra.yo.ru.ma.de.ha.ta.ra.i.te.i.ta.

今天從早到晚都在工作。

相關單字

ひるま
昼間 hi.ru.ma. 白天

日本人最常用的
五十音單字

来週（らいしゅう）

ra.i.shu.u.

下星期

例句

試験（しけん）は来週（らいしゅう）の水曜日（すいようび）です。

shi.ke.n.wa.ra.i.shu.u.no.su.i.yo.u.bi.de.su.

考試是下周三。

来週（らいしゅう）からフランスに旅行（りょこう）に行（い）きます。

ra.i.shu.u.ka.ra.fu.ra.n.su.ni.ryo.ko.u.ni.i.ki.ma.su.

下周開始要去法國旅行。

来週（らいしゅう）の予定（よてい）はまだ決（き）めていない。

ra.i.shu.u.no.yo.te.i.wa.ma.da.ki.me.te.i.na.i.

還沒決定下周的安排。

発表会（はっぴょうかい）は来週（らいしゅう）です。

ha.ppyo.u.ka.i.wa.ra.i.shu.u.de.su.

發表會是下星期。

相關單字

先週（せんしゅう） se.n.shu.u. 上星期

来月（らいげつ） ra.i.ge.tsu. 下個月

ライバル

ra.i.ba.ru.

競爭對手

例句

ライバルがとても強(つよ)いです。

ra.i.ba.ru.ga.to.te.mo.tsu.yo.i.de.su.

競爭對手非常強。

今回(こんかい)のライバルは誰(だれ)ですか？

ko.n.ka.i.no.ra.i.ba.ru.wa.da.re.de.su.ka.

這次的競爭對手是誰？

ライバルに絶対(ぜったい)負(ま)けない。

ra.i.ba.ru.ni.ze.tta.i.ma.ke.na.i.

絕對不輸給對手。

彼(かれ)は私(わたし)たちのライバルじゃなくて味方(みかた)だ。

ka.re.wa.wa.ta.shi.ta.chi.no.ra.i.ba.ru.ja.na.ku.te.

mi.ka.ta.da.

他不是我們的對手而是同伴。

相關單字

味方(みかた) mi.ka.ta. 同伴、同夥

楽

ra.ku.

舒適、輕鬆、簡單

例句

シャワーを浴びて気が楽になった。

sha.wa.a.o.a.bi.te.ki.ga.ra.ku.ni.na.tta.

淋浴完後變得舒暢。

今回の試験はとても楽だった。

ko.n.ka.i.no.shi.ke.n.wa.to.te.mo.ra.ku.da.tta.

這次的考試非常簡單。

ちょっと休憩したら楽になった。

cho.tto.kyu.u.ke.i.shi.ta.ra.ra.ku.ni.na.tta.

稍微休息一下變得比較舒暢。

楽に仕事が済んだ。

ra.ku.ni.shi.go.to.ga.su.n.da.

工作輕鬆地解決了。

相關單字

気楽　ki.ra.ku.　輕鬆、安閒

楽勝(らくしょう)

ra.ku.sho.u.

輕易取勝

例句

今回(こんかい)の試合(しあい)も楽勝(らくしょう)だった。

ko.n.ka.i.no.shi.a.i.mo.ra.ku.sho.u.da.tta.

這次的比賽也輕鬆地贏了。

彼(かれ)が相手(あいて)なら楽勝(らくしょう)だ。

ka.re.ga.a.i.te.na.ra.ra.ku.sho.u.da.

對手是他的話就很容易贏的。

相手(あいて)は強(つよ)いから楽勝(らくしょう)ではない。

a.i.te.wa.tsu.yo.i.ka.ra.ra.ku.sho.u.de.wa.na.i.

對方很強所以無法輕易取勝。

あなたならきっと楽勝(らくしょう)だと思(おも)う。

a.na.ta.na.ra.ki.tto.ra.ku.sho.u.da.to.o.mo.u.

如果是你的話一定能輕鬆取勝。

相關單字

辛勝(しんしょう)　shi.n.sho.u.　險勝

ラジオ

ra.ji.o.

收音機、廣播

例句

ラジオを消(け)してください。

ra.ji.o.o.ke.shi.te.ku.da.sa.i.

請切掉廣播。

ラジオをつける。

ra.ji.o.o.tsu.ke.ru.

打開收音機。

今(いま)はラジオを聴(き)いている。

i.ma.wa.ra.ji.o.o.ki.i.te.i.ru.

現在在聽廣播。

インターネットでラジオが聴(き)ける。

i.n.ta.a.ne.tto.de.ra.ji.o.ga.ki.ke.ru.

在網路上可以聽廣播。

相關單字

テレビ te.re.bi. 電視

ラスト

ra.su.to.

最後的

例句

今回（こんかい）はラストの試合（しあい）です。

ko.n.ka.i.wa.ra.su.to.no.shi.a.i.de.su.

這次是最後的比賽。

これは中学三年生（ちゅうがくさんねんせい）ラストの授業（じゅぎょう）だ。

ko.re.wa.chu.u.ga.ku.sa.n.ne.n.se.i.ra.su.to.no.ju.gyo.u.da.

這是國中三年級最後的課。

これはラストのチャンスだ。

ko.re.wa.ra.su.to.no.cha.n.su.da.

這是最後的機會。

昨日（きのう）は私（わたし）の二十歳（はたち）ラストの日（ひ）だった。

ki.no.u.wa.wa.ta.shi.no.ha.ta.chi.ra.su.to.no.hi.da.tta.

昨天是我二十歲的最後一天。

相關單字

最後（さいご） sa.i.go. 最後

乱暴（らんぼう）

ra.n.bo.u.

粗魯

例句

兄（にい）さんの乱暴（らんぼう）な態度（たいど）に悩（なや）んでいる。

ni.i.sa.n.no.ra.n.bo.u.na.ta.i.do.ni.na.ya.n.de.i.ru.

對哥哥粗魯的態度感到煩惱。

彼（かれ）は乱暴（らんぼう）な人（ひと）だ。

ka.re.wa.ra.n.bo.u.na.hi.to.da.

他是粗魯的人。

乱暴（らんぼう）な言葉（ことば）を使（つか）わないでください。

ra.n.bo.u.na.ko.to.ba.o.tsu.ka.wa.na.i.de.ku.da.sa.i.

請不要使用粗魯的字眼。

乱暴（らんぼう）に機械（きかい）を扱（あつか）う。

ra.n.bo.u.ni.ki.ka.i.o.a.tsu.ka.u.

粗魯地使用機器。

相關單字

丁寧（ていねい） te.i.ne.i 有禮貌的

優（やさ）しい ya.sa.shi.i. 温和、親切

りっぱ
立派

ri.ppa

優秀、美觀、偉大

例句

りっぱ　にんげん
立派な人間になりたい。

ri.ppa.na.ni.n.ge.n.ni.na.ri.ta.i.

想要成為優秀的人。

しけん　りっぱ　せいせき
試験で立派な成績をとった。

shi.ke.n.de.ri.ppa.na.se.i.se.ki.o.to.tta.

考試取得了優秀的成績。

りっぱ
このホテルはとても立派だ。

ko.no.ho.te.ru.wa.to.te.mo.ri.ppa.da.

這間飯店非常漂亮。

かれ　りっぱ　かいしゃ　はたら
彼は立派な会社で働いている。

ka.re.wa.ri.ppa.na.ka.i.sha.de.ha.ta.ra.i.te.i.ru.

他在卓越的公司工作。

相關單字

ゆうしゅう
優秀　yu.u.shu.u.　優秀

えら
偉い　e.ra.i.　偉大

りゆう
理由

ri.yu.u.

理由、藉口

例句

かれ　ちこく　りゆう　せつめい
彼に遅刻の理由を説明する。

ka.re.ni.chi.ko.ku.no.ri.yu.u.o.se.tsu.me.i.su.ru.

向他說明遲到的理由。

てんしょく　りゆう　なん
転職の理由は何ですか？

te.n.sho.ku.no.ri.yu.u.wa.na.n.de.su.ka.

轉行的理由是甚麼？

いそが　りゆう　さんか
忙しさを理由にして参加しなかった。

i.so.ga.shi.sa.o.ri.yu.u.ni.shi.te.sa.n.ka.shi.na.ka.tta.

以忙碌為藉口而沒參加。

ほんとう　りゆう　い
本当の理由を言いたくない。

ho.n.to.u.no.ri.yu.u.o.i.i.ta.ku.na.i.

不想說出真的理由。

相關單字

じじょう
事情　ji.jo.u.　原因、情況

い　わけ
言い訳　i.i.wa.ke.　藉口

流行

ryu.u.ko.u.

流行、時興

例句

最近流行しているヘアスタイルは何ですか？

sa.i.ki.n.ryu.u.ko.u.shi.te.i.ru.he.a.su.ta.i.ru.wa.na.n.de.su.ka.

最近流行怎樣的髮型？

このスタイルの服はもう流行遅れだ。

ko.no.su.ta.i.ru.no.fu.ku.wa.mo.u.ryu.u.ko.u.o.ku.re.da.

這種風格的衣服已經退流行了。

今はインフルエンザが流行している。

i.ma.wa.i.n.fu.ru.e.n.za.ga.ryu.u.ko.u.shi.te.i.ru.

現在流行性感冒正盛行著。

相關單字

流行る　ha.ya.ru.　流行

利用（りよう）

ri.yo.u.

利用

例句

周り（まわ）の資源（しげん）を利用（りよう）する。

ma.wa.ri.no.shi.ge.n.o.ri.yo.u.su.ru.

利用身邊的資源。

私（わたし）は友達（ともだち）に利用（りよう）された。

wa.ta.shi.wa.to.mo.da.chi.ni.ri.yo.u.sa.re.ta.

我被朋友利用了。

学校（がっこう）の設備（せつび）を利用（りよう）する。

ga.kko.u.no.se.tsu.bi.o.ri.yo.u.su.ru.

利用學校的設備。

私（わたし）はあまり公衆電話（こうしゅうでんわ）を利用（りよう）しない。

wa.ta.shi.wa.a.ma.ri.ko.u.shu.u.de.n.wa.o.ri.yo.u.shi.na.i.

我不太常使用公共電話。

相關單字

使う（つか） tsu.ka.u. 使用

使用（しよう） shi.yo.u. 使用

料金（りょうきん）

ryo.u.ki.n.

費用、手續費。

例句

水道料金を払う。（すいどうりょうきん はら）

su.i.do.u.ryo.u.ki.n.o.ha.ra.u.

繳交水費。

ガス料金が高いです。（りょうきん たか）

ga.su.ryo.u.ki.n.ga.ta.ka.i.de.su.

瓦斯費很貴。

料金の計算方法を教えてもらえますか？（りょうきん けいさんほうほう おし）

ryo.u.ki.n.no.ke.i.sa.n.ho.u.ho.u.o.o.shi.e.te.mo.ra.e.ma.su.ka.

可以告訴我費用的計算方式嗎？

高速道路の料金を調べる。（こうそくどうろ りょうきん しら）

ko.u.so.ku.do.u.ro.no.ryo.u.ki.n.o.shi.ra.be.ru.

查詢高速公路的收費。

相關單字

費用（ひよう） hi.yo.u. 費用

旅行

りょこう

ryo.ko.u.

旅行

例句

私は旅行が好きです。

wa.ta.shi.wa.ryo.ko.u.ga.su.ki.de.su.

我喜歡旅行。

来年はスペインに旅行する。

ra.i.ne.n.wa.su.pe.i.n.in.ryo.ko.u.su.ru.

明年要去西班牙旅行。

忙しくてあまり旅行できない。

i.so.ga.shi.ku.te.a.ma.ri.ryo.ko.u.de.ki.na.i.

因為忙而沒甚麼時間旅行。

世界一周旅行は私の夢だ。

se.ka.i.i.sshu.u.ryo.ko.u.wa.wa.ta.shi.no.yu.me.da.

環遊世界一周是我的夢想。

相關單字

旅（たび） ta.bi. 旅行

ルート

ru.u.to.

路線、途徑

例句

どのルートで行(い)くのが一番(いちばん)なのか？

do.no.ru.u.to.de.i.ku.no.ga.i.chi.ba.n.na.no.ka.

走哪條路線去是最好的呢？

ほかのルートを調(しら)べる。

ho.ka.no.ru.u.to.o.shi.ra.be.ru.

查詢其他的路線。

このルートは通行禁止(つうこうきんし)だ。

ko.no.ru.u.to.wa.tsu.u.ko.u.ki.n.shi.da.

這條路線禁止通行。

別(べつ)のルートを教(おし)えてください。

be.tsu.no.ru.u.to.o.o.shi.e.te.ku.da.sa.i.

請告訴我別的路線。

相關單字

路線(ろせん)　ro.se.n.　路線

ルール

ru.u.ru.

規則

例句

ちゃんとルールを守(まも)ってください。

cha.n.to.ru.u.ru.o.ma.mo.tte.ku.da.sa.i.

請好好地遵守規則。

ゲームのルールを教(おし)えてください。

ge.e.mu.no.ru.u.ru.o.o.shi.e.te.ku.da.sa.i.

請教我遊戲規則。

彼(かれ)はルールに反(はん)した。

ka.re.wa.ru.u.ru.ni.ha.n.shi.ta.

他違反的規則。

私(わたし)は将棋(しょうぎ)のルールを知(し)らない。

wa.ta.shi.wa.sho.u.gi.no.ru.u.ru.o.shi.ra.na.i.

我不知道將棋的規則。

相關單字

規則(きそく) ki.so.ku. 規則

ru.su.

外出、看家、忽略

例句

今日友達の家に遊びに行ったけど留守だった。

kyo.u.to.mo.da.chi.no.i.e.ni.a.so.bi.ni.i.tta.ke.do.ru.su.da.tta.

今天我去朋友家玩但是他不在家。

私の留守中に母から電話がかかってきた。

wa.ta.shi.no.ru.su.chu.u.ni.ha.ha.ka.ra.de.n.wa.ga.ka.ka.tte.ki.ta.

我不在家的時候媽媽打電話來了。

両親は出かけたので私は留守番している。

ryo.u.shi.n.wa.de.ka.ke.ta.no.de.wa.ta.shi.wa.ru.su.ba.n.shi.te.i.ru.

父母外出所以我看家。

相關單字

留守居　ru.su.i.　看家人

冷蔵庫

re.i.zo.u.ko.

冰箱

例句

新しい冷蔵庫を買いました。

a.ta.ra.shi.i.re.i.zo.u.ko.o.ka.i.ma.shi.ta.

買了新的冰箱。

果物を冷蔵庫に入れてください。

ku.da.mo.no.o.re.i.zo.u.ko.ni.i.re.te.ku.da.sa.i.

請把水果冰到冰箱裡。

冷蔵庫が壊れた。

re.i.zo.u.ko.ga.ko.wa.re.ta.

冰箱壞掉了。

冷蔵庫の故障の原因を調べる。

re.i.zo.u.ko.no.ko.sho.u.no.ge.n.i.n.o.shi.ra.be.ru.

調查冰箱故障的原因。

相關單字

電子レンジ　de.n.shi.re.n.ji.　微波爐

オーブン　o.o.bu.n.　烤箱

れきし
歴史

re.ki.shi.

歴史

例句

れきし べんきょう
歴史を勉強する。

re.ki.shi.o.be.n.kyo.u.su.ru.

學習歷史。

かのじょ れきし くわ
彼女は歴史に詳しいです。

ka.no.jo.wa.re.ki.shi.ni.ku.wa.shi.i.de.su.

她對歷史很熟。

れきし もんだい かん
これは歴史の問題に関するものだ。

ko.re.wa.re.ki.shi.no.mo.n.da.i.ni.ka.n.su.ru.mo.no.da.

這個是和歷史的問題有關係。

せかい れきし けんきゅう
世界の歴史について研究する。

se.ka.i.no.re.ki.shi.ni.tsu.i.te.ke.n.kyu.u.su.ru.

研究世界歷史。

相關單字

げんだい
現代 ge.n.da.i. 現代

列（れつ）

re.tsu.

排隊、隊伍

例句

二列（にれつ）に並（なら）んでください。

ni.re.tsu.ni.na.ra.n.de.ku.da.sa.i.

請排成兩列。

これらの本（ほん）を一列（いちれつ）に並（なら）べた。

ko.re.ra.no.ho.n.o.i.chi.re.tsu.ni.na.ra.be.ta.

把這些書排成一列。

みんなは列（れつ）を作（つく）って買（か）い物（もの）します。

mi.n.na.wa.re.tsu.o.tsu.ku.tte.ka.i.mo.no.shi.ma.su.

大家排隊買東西。

列（れつ）に並（なら）ばない人（ひと）が嫌（きら）いだ。

re.tsu.ni.na.ra.ba.na.i.hi.to.ga.ki.ra.i.da.

討厭不排隊的人。

相關單字

行列（ぎょうれつ）　gyo.u.re.tsu.　行列、隊伍

レベル

re.be.ru.

水準、標準

例句

このチームのレベルは高(たか)いです。

ko.no.chi.i.mu.no.re.be.ru.wa.ta.ka.i.de.su.

這個隊伍的水準很高。

生活(せいかつ)レベルが低(ひく)い。

se.i.ka.tsu.re.be.ru.ga.hi.ku.i.

生活水準低。

高(たか)いレベルに達(たっ)する。

ta.ka.i.re.be.ru.ni.ta.ssu.ru.

達到高水準。

彼(かれ)の英語(えいご)レベルはまだまだです。

ka.re.no.e.i.go.re.be.ru.wa.ma.da.ma.da.de.su.

他英文的水準還不夠。

相關單字

レベルアップ　re.be.ru.a.ppu.　提高水準

恋愛（れんあい）

re.n.a.i.

戀愛

例句

遠距離恋愛（えんきょりれんあい）は大変（たいへん）です。

e.n.kyo.ri.re.n.a.i.wa.ta.i.he.n.de.su.

遠距離戀愛很辛苦。

最近恋愛（さいきんれんあい）があまりうまく行（い）かない。

sa.i.ki.n.re.n.a.i.ga.a.ma.ri.u.ma.ku.i.ka.na.i.

最近戀愛不太順利。

私（わたし）は忙（いそが）しくて恋愛（れんあい）できない。

wa.ta.shi.wa.i.so.ga.shi.ku.te.re.n.a.i.de.ki.na.i.

我很忙所以沒辦法談戀愛。

恋愛（れんあい）の悩（なや）みがあります。

re.n.a.i.no.na.ya.mi.ga.a.ri.ma.su.

有戀愛的煩惱。

相關單字

失恋（しつれん） shi.tsu.re.n. 失戀

恋（こい） ko.i. 戀愛

れんじつ
連日

re.n.ji.tsu.

連日、連續幾天

例句

しけん　れんじつべんきょう
試験のために連日勉強していた。

shi.ke.n.no.ta.me.ni.re.n.ji.tsu.be.n.kyo.u.shi.te.i.ta.

為了考試連續好幾天用功努力。

れんじつ　おおゆき　じこ　お
連日の大雪でたくさんの事故が起きた。

re.n.ji.tsu.no.o.o.yu.ki.de.ta.ku.sa.n.no.ji.ko.ga.o.ki.ta.

因為連日的大雪造成很多起事故。

れんじつ　どりょく　せいこう
連日の努力でやっと成功した。

re.n.ji.tsu.no.do.ryo.ku.de.ya.tto.se.i.ko.u.shi.ta.

透過連續幾天的努力終於成功了。

れんじつ　れんしゅう　つか
連日の練習でみんなも疲れた。

re.n.ji.tsu.no.re.n.shu.u.de.mi.n.na.mo.tsu.ka.re.ta.

因為連日練習大家都累了。

相關單字

まいにち
毎日　ma.i.ni.chi.　每天

連絡

re.n.ra.ku.

聯絡、通知

例句

先生に連絡してください。

se.n.se.i.ni.re.n.ra.ku.shi.te.ku.da.sa.i.

請跟老師連絡。

もう友達に連絡した。

mo.u.to.mo.da.chi.ni.re.n.ra.ku.shi.ta.

已經聯絡朋友了。

時間を決めたら私に連絡してください。

ji.ka.n.o.ki.me.ta.ra.wa.ta.shi.ni.re.n.ra.ku.shi.te.ku.da.sa.i.

時間決定好了請通知我。

また後で連絡します。

ma.ta.a.to.de.re.n.ra.ku.shi.ma.su.

等下再連絡。

相關單字

電話する de.n.wa.su.ru. 打電話
知らせる shi.ra.se.ru. 通知

老人

ろうじん

ro.u.ji.n.

老人

例句

どっきょろうじんもんだい　いまさいだい　かだい
独居老人問題は今最大の課題だ。

do.kkyo.ro.u.ji.n.mo.n.da.i.wa.i.ma.sa.i.da.i.no.ka.da.i.da.

現在最大的課題是獨居老人的問題。

ろうじん　げんき
あの老人はとても元気です。

a.no.ro.u.ji.n.wa.to.te.mo.ge.n.ki.de.su.

那位老人非常健朗。

よ　なかさび　ろうじん
世の中寂しい老人はたくさんいる。

yo.no.na.ka.sa.bi.shi.i.ro.u.ji.n.wa.ta.ku.sa.n.i.ru.

世界上有很多孤單的老人。

きょう　し　ろうじん　てつだ
今日は知らない老人を手伝った。

kyo.u.wa.shi.ra.na.i.ro.u.ji.n.o.te.tsu.da.tta.

今天幫了不人認識的老人的忙。

相關單字

としよ
年寄り　to.shi.yo.ri.　老年人

浪費

ろうひ

ro.u.hi.

浪費

例句

時間を浪費しないでください。

ji.ka.n.o.ro.u.hi.shi.na.i.de.ku.da.sa.i.

請不要浪費時間。

お金を浪費する。

o.ka.ne.o.ro.u.hi.su.ru.

浪費金錢。

資源の浪費をしないように努力する。

shi.ge.n.no.ro.u.hi.o.shi.na.i.yo.u.ni.do.ryo.ku.su.ru.

努力不要造成資源浪費。

彼女は浪費癖がある。

ka.no.jo.wa.ro.u.hi.he.ki.ga.a.ru.

她有浪費的習慣。

相關單字

無駄　mu.da.　浪費

ろくおん
録音

ro.ku.o.n.

録音

例句

じゅぎょう ないよう ろくおん
授業の内容を録音する。

ju.gyo.u.no.na.i.yo.u.o.ro.ku.o.n.su.ru.

錄上課的內容。

かいわ ろくおん
さっきの会話はもう録音した。

sa.kki.no.ka.i.wa.wa.mo.u.ro.ku.o.n.shi.ta.

剛剛的對話已經錄音了。

かれ えんそう ろくおん
彼の演奏を録音したい。

ka.re.no.e.n.so.u.o.ro.ku.o.n.shi.ta.i.

想要把他的演奏錄下來。

かいぎ ないよう ろくおん
会議の内容を録音してなかった。

ka.i.gi.no.na.i.yo.u.o.ro.ku.o.n.shi.te.na.ka.tta.

沒錄到會議的內容。

相關單字

ろくおんき
録音機 ro.ku.o.n.ki. 錄音機

路線

ro.se.n.

路線

例句

鉄道の路線を調べる。

te.tsu.do.u.no.ro.se.n.o.shi.ra.be.ru.

調查鐵道的路線。

一番近い路線を教えてください。

i.chi.ba.n.chi.ka.i.ro.se.n.o.o.shi.e.te.ku.da.sa.i.

請告訴我最近的路線。

どの路線で行くのが一番速いですか？

do.no.ro.se.n.de.i.ku.no.ga.i.chi.ba.n.ha.ya.i.de.su.ka.

走哪個路線去是最快的？

ほかの路線を探す。

ho.ka.no.ro.se.n.o.sa.ga.su.

尋找別的路線。

相關單字

ルート　ru.u.to.　路線、途徑

ロボット

ro.bo.tto.

機器人

例句

あたら　かいはつ
新しいロボットを開発した。

a.ta.ra.shi.i.ro.bo.tto.o.ka.i.ha.tsu.shi.ta.

開發了新的機器人。

そうさ
ロボットを操作する。

ro.bo.tto.o.so.u.sa.su.ru.

操作機器人。

せいかつしえん　かいはつ
生活支援ロボットを開発したい。

se.i.ka.tsu.shi.e.n.ro.bo.tto.o.ka.i.ha.tsu.shi.ta.i.

想要開發可以支援生活的機器人。

いま　ぎじゅつ　しんか
今ロボットの技術が進化している。

i.ma.ro.bo.tto.no.gi.ju.tsu.ga.shi.n.ka.shi.te.i.ru.

現在機器人的人技術正在進步。

相關單字

きかい
機械　ki.ka.i.　機器

ロマンチック

ro.ma.n.chi.kku.

浪漫的、羅曼蒂克

例句

ロマンチックなストーリーだ。

ro.ma.n.chi.kku.na.su.to.o.ri.i.da.

羅曼蒂克的故事。

彼(かれ)はロマンチックな人(ひと)だ。

ka.re.wa.ro.ma.n.chi.kku.na.hi.to.da.

他是非常浪漫的人。

ここの景色(けしき)はとてもロマンチックだ。

ko.ko.no.ke.shi.ki.wa.to.te.mo.ro.ma.n.chi.kku.da.

這裡的景色非常浪漫。

ロマンチックなレストランに行(い)きたい。

ro.ma.n.chi.kku.na.re.su.to.ra.n.ni.i.ki.ta.i.

想要去浪漫的餐廳。

論文（ろんぶん）

ro.n.bu.n.

論文

例句

論文を書くためにたくさんの資料を調べた。

ro.n.bu.n.o.ka.ku.ta.me.ni.ta.ku.sa.n.no.shi.ryo.u.o.shi.ra.be.ta.

為了寫論文查了很多資料。

論文の書き方を教えてもらえませんか？

ro.n.bu.n.no.ka.ki.ta.ka.o.o.shi.e.te.mo.ra.e.ma.se.n.ka.

可以告訴我論文的寫法嗎？

今日は論文の発表会です。

kyo.u.wa.ro.n.bu.n.no.ha.ppyo.u.ka.i.de.su.

今天是論文的發表會。

相關單字

論じる　ro.n.ji.ru.　論述

NOTE

BOOK

日本人最常用的
五十音單字

若い

wa.ka.i.

年輕的

例句

あの先生はとても若いです。

a.no.se.n.se.i.wa.to.te.mo.wa.ka.i.de.su.

那位老師非常年輕。

彼は私より若い。

ka.re.wa.wa.ta.shi.yo.ri.wa.ka.i.

他比我年輕。

実年齢より十歳若く見える。

ji.tsu.ne.n.re.i.yo.ri.ju.u.sa.i.wa.ka.ku.mi.e.ru.

看起來比實際年齡年輕十歲。

私は若い頃よくここに来たんだ。

wa.ta.shi.wa.wa.ka.i.ko.ro.yo.ku.ko.ko.ni.ki.ta.n.da.

我年輕的時候常常來這裡。

相關單字

若者　wa.ka.mo.no.　年輕人

年寄り　to.shi.yo.ri.　老年人

分(わ)かる

wa.ka.ru.

明白、懂

例句

どうすればいいのか分(わ)かりません。

do.u.su.re.ba.i.i.no.ka.wa.ka.ri.ma.se.n.

不知道該怎麼做才好。

分(わ)からないところがあったら、私(わたし)に聞(き)いてね。

wa.ka.ra.na.i.to.ko.ro.ga.a.tta.ra./wa.ta.shi.ni.ki.i.te.ne.

有不懂的地方的話請問我。

この内容(ないよう)が分(わ)かるの？

ko.no.na.i.yo.u.ga.wa.ka.ru.no.

這個內容明白嗎？

この問題(もんだい)が分(わ)からない。

ko.no.mo.n.da.i.ga.wa.ka.ra.na.i.

不懂這個問題。

相關單字

了解(りょうかい)　ryo.u.ka.i.　了解、理解

わけ

wa.ke.

理由、道理

例句

わけも分(わ)からず、急(きゅう)に母(はは)に叱(しか)られた。

wa.ke.mo.wa.ka.ra.zu./kyu.u.ni.ha.ha.ni.shi.ka.ra.re.ta.

也不知道原因就被媽媽罵了。

彼(かれ)はわけの分(わ)かった人(ひと)だ。

ka.re.wa.wa.ke.no.wa.ka.tta.hi.to.da.

他是個懂道理的人。

これには深(ふか)いわけがあります。

ko.re.ni.wa.fu.ka.i.wa.ke.ga.a.ri.ma.su.

這個有深厚的原因在。

彼女(かのじょ)はわけもなく怒(おこ)った。

ka.no.jo.wa.wa.ke.mo.na.ku.o.ko.tta.

她不知道怎麼了就生氣了。

相關單字

いきさつ i.ki.sa.tsu. 來龍去脈

ゆえ yu.e. 理由、緣故

わざわざ

wa.za.wa.za.

特意

例句

わざわざ来（き）てくれてありがとうございます。

wa.za.wa.za.ki.te.ku.re.te.a.ri.ga.to.u.go.za.i.ma.su.

謝謝你特意過來。

彼（かれ）は遠方（えんぽう）からわざわざ来（き）た。

ka.re.wa.e.n.po.u.ka.ra.wa.za.wa.za.ki.ta.

他特意從遠方趕來。

友達（ともだち）にわざわざ会（あ）いに行（い）く。

to.mo.da.chi.ni.wa.za.wa.za.a.i.ni.i.ku.

特意去和朋友見面。

彼（かれ）はわざわざ電話（でんわ）してくれた。

ka.re.wa.wa.za.wa.za.de.n.wa.shi.te.ku.re.ta.

他特意打電話來。

相關單字

せっかく　se.kka.ku.　特意、好不容易

態（わざ）と　wa.za.to.　故意、有意

忘れる

wa.su.re.ru.

忘記、忘掉

例句

約束を忘れないでください。

ya.ku.so.ku.o.wa.su.re.na.i.de.ku.da.sa.i.

請別忘了約定。

内容を忘れてしまいました。

na.i.yo.u.o.wa.su.re.te.shi.ma.i.ma.shi.ta.

忘記內容了。

あのことはもう忘れた。

a.no.ko.to.wa.mo.u.wa.su.re.ta.

那件事早已忘了。

財布を店に忘れてしまった。

sa.i.fu.o.mi.se.ni.wa.su.re.te.shi.ma.tta.

把錢包遺忘在店家裡了。

相關單字

覚える o.bo.e.ru. 記得

忘れ物 wa.su.re.mo.no. 遺失物

笑(わら)う

wa.ra.u.

笑、嘲笑

例句

私(わたし)を笑(わら)わないでください。

wa.ta.shi.o.wa.ra.wa.na.i.de.ku.da.sa.i.

請別嘲笑我。

あの人(ひと)は私(わたし)に笑(わら)いかけた。

a.no.hi.to.wa.wa.ta.shi.ni.wa.ra.i.ka.ke.ta.

那個人對我笑了。

面白(おもしろ)い話(はなし)を聞(き)いて笑(わら)いました。

o.mo.shi.ro.i.ha.na.shi.o.ki.i.te.wa.ra.i.ma.shi.ta.

聽到有趣的事情而笑了。

これを見(み)ると絶対(ぜったい)笑(わら)う。

ko.re.o.mi.ru.to.ze.tta.i.wa.ra.u.

看了這個絕對會笑。

相關單字

泣(な)く　na.ku.　哭

笑(わら)い話(ばなし)　wa.ra.i.ba.na.shi.　笑話

悪い

wa.ru.i.

壞、差、不正確、有害

例句

試合の結果が悪かったです。

shi.a.i.no.ke.kka.ga.wa.ru.ka.tta.de.su.

比賽的結果很差。

私の英語は悪いです。

wa.ta.shi.no.e.i.go.wa.wa.ru.i.de.su.

我的英文很差。

カンニングは悪いことだ。

ka.n.ni.n.gu.wa.wa.ru.i.ko.to.da.

作弊是不正確的事。

喫煙は健康に悪い。

ki.tsu.e.n.wa.ke.n.ko.u.ni.wa.ru.i.

吸菸有害健康。

相關單字

良い　i.i.　好的

悪口　wa.ru.gu.chi.　壞話

別(わか)れる

wa.ka.re.ru.

離別、分別

例句

彼女(かのじょ)と別(わか)れました。

ka.no.jo.to.wa.ka.re.ma.shi.ta.

和女朋友分手了。

家族(かぞく)と別(わか)れて一人暮(ひとりぐ)らしをしている。

ka.zo.ku.to.wa.ka.re.te.hi.to.ri.gu.ra.shi.o.shi.te.i.ru.

和家人分離一個人生活。

みんなと別(わか)れたくない。

mi.n.na.to.wa.ka.re.ta.ku.na.i.

不想和大家分離。

六年前(ろくねんまえ)に別(わか)れた恋人(こいびと)と再会(さいかい)した。

ro.ku.ne.n.ma.e.ni.wa.ka.re.ta.ko.i.bi.to.to.sa.i.ka.i.

shi.ta.

和六年前分手的情人再次相逢了。

相關單字

付(つ)き合(あ)う　tsu.ki.a.u.　交往、交際

渡す

wa.ta.su.

交付、給

例句

このレポートを先生に渡してください。

ko.no.re.po.o.to.o.se.n.se.i.ni.wa.ta.shi.te.ku.da.sa.i.

請把這個報告交給老師。

企画書を部長に渡す。

ki.ka.ku.sho.o.bu.cho.u.ni.wa.ta.su.

把企畫書交給部長。

友達に誕生日プレゼントを渡した。

to.mo.da.chi.ni.ta.n.jo.u.bi.pu.re.ze.n.to.o.wa.ta.shi.ta.

給了朋友生日禮物。

品物を渡す。

shi.na.mo.no.o.wa.ta.su.

交貨。

相關單字

受ける u.ke.ru. 受、接受

あげる a.ge.ru. 給

國家圖書館出版品預行編目資料

日本人最常用的五十音單字 / 雅典日研所企編.
-- 初版. -- 新北市 : 雅典文化, 民102.06
面 ; 公分. -- (全民學日語 ; 23)
ISBN 978-986-6282-83-6(平裝附光碟片)
1. 日語 2. 詞彙
803.12 102006522

全民學日語系列 23

日本人最常用的五十音單字

編著／雅典日研所
責編／張琇穎
美術編輯／翁敏貴
封面設計／劉逸芹

法律顧問：方圓法律事務所／涂成樞律師

總經銷：永續圖書有限公司
永續圖書線上購物網
www.foreverbooks.com.tw

CVS代理／美璟文化有限公司
TEL：（02）2723-9968
FAX：（02）2723-9668

出版日／2013年06月

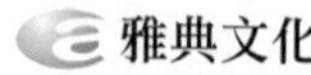

出版社
22103 新北市汐止區大同路三段194號9樓之1
TEL （02）8647-3663
FAX （02）8647-3660

全民學日語
23

日本人最常用的五十音單字

雅致風靡　典藏文化

親愛的顧客您好，感謝您購買這本書。即日起，填寫讀者回函卡寄回至本公司，我們每月將抽出一百名回函讀者，寄出精美禮物並享有生日當月購書優惠！想知道更多更即時的消息，歡迎加入"永續圖書粉絲團"

您也可以選擇傳真、掃描或用本公司準備的免郵回函寄回，謝謝。

傳真電話：（02）8647-3660　　電子信箱：yungjiuh@ms45.hinet.net

姓名：	性別：　□男　□女
出生日期：　年　月　日	電話：
學歷：	職業：
E-mail：	
地址：□□□	
從何處購買此書：	購買金額：　元
購買本書動機：□封面 □書名 □排版 □內容 □作者 □偶然衝動	
你對本書的意見： 內容：□滿意□尚可□待改進 封面：□滿意□尚可□待改進	編輯：□滿意□尚可□待改進 定價：□滿意□尚可□待改進
其他建議：	

您可以使用以下方式將回函寄回。

您的回覆，是我們進步的最大動力，謝謝。

① 使用本公司準備的免郵回函寄回。

② 傳真電話：（02）8647-3660

③ 掃描圖檔寄到電子信箱：

yungjiuh@ms45.hinet.net

沿此線對折後寄回，謝謝。

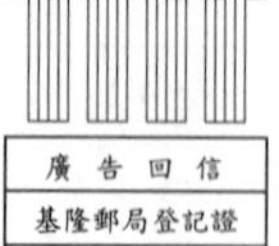

廣　告　回　信
基隆郵局登記證
基隆廣字第056號

221-03

雅典文化事業有限公司　收

新北市汐止區大同路三段194號9樓之1

雅致風靡　典藏文化